異世界宿屋でおもてなし

～転生若女将の幸せレシピ！～

金子ユミ

この作品はフィクションです。
実在の人物・団体・事件などに
一切関係ありません。

contents

異世界宿屋でおもてなし
～転生若女将の幸せレシピ！～

6

異世界宿屋で
～転生若女将の幸せレシピ！～
おもてなし

◇プロローグ

「またのお越しをお待ちしております」

国口園(くにぐちその)は深々と頭を下げた。そうしながら、全身でお客様の心中を窺う。表情の動き、足取り、お声の調子から。

　私のおもてなしに満足していただけたか。

　お帰りになるお客様が角を曲がり、気配が消えてやっと、園は上体を起こした。

「若女将(わかおかみ)」

　すると、ともにお見送りしていた大女将(おおおかみ)の郁代(いくよ)が園を呼んだ。

「何？　おばあちゃん」

「こらっ。人前でおばあちゃんと呼ぶんじゃないっていつも言っているでしょ」

「あ、ご、ごめんなさい」

「まったくいつまでも慣れないんだから……それより、今、お見送りした三田(みた)様。二年前にお泊まりいただいた時は萩(はぎ)の花がお好きと伺った覚えがありますよ」

「は、はい」

「だから萩の花を床の間に活けておくよう申し送り帳に書いておいたはずですが……なぜリンドウだったのでしょう？」

園は番頭の谷屋とちらりと視線を交わし合った。彼がおずおずと答える。

「申し訳ありません大女将。出入りの花屋が間違えまして」

「言い訳になりません。すぐに取り換えさせれば済んだこと。女将も女将です。三田様のお部屋には萩がいいと知っていたはずなのに。私からも言っておきます」

客室に花を活けるのは大女将である郁代の娘、そして園の母、昌美の役目だ。生来、病弱な昌美は、接客など人前に出るよりもそうした裏方に徹している。

婿養子であった昌美の夫、園の父は、園が小学生の頃に国口家を出ていった。義母の郁代との折り合いが悪かったせいだ。以来、接客や従業員の采配を始めとした業務のほとんどを、郁代が一人でこなしていた。

半年前、そんな郁代に東京で勉強していた園は呼び戻された。病弱な女将の昌美に代わり、若女将として「くにぐち」で働けと。

引き締まっていた郁代の表情が、かすかに和らいだ。

「園。お前には本当に申し訳なかったと思ってる。お前、あんなに頑張って勉強していたのに」

「そ、そんなことないよ、おばあ――いえ、大女将。もともと料理人になる勉強も、この旅館のためになればと思っていましたし」

「園」

「だから私、頑張ります！」

二人に背を向け、旅館の玄関室に入った。ひんやりとした石のたたき、磨き込まれた古い木目が重厚な光を放つ上りかまち。この空間に入ると、いつも自然と背筋が伸びる。

「無理をしているね。やっぱり呼び戻すべきではなかったのかもしれない」

ため息まじりの祖母の声が、低く聞こえてきた。

「昌美が寝付くことが多くなったからとはいえ……あの子には酷だったね」

「いやいや大女将。園ちゃん、頑張っていますよ。これからですよ」

園ちゃん。もうすぐ七十歳になる番頭は、園のことを幼少の時から知っている。

ここG県のG温泉は戦国時代から名だたる武将たちに利用されていたとされ、歴史も古い。「旅館　くにぐち」はそんなG温泉街を代表する老舗旅館の一つだ。

取り成す谷屋に、郁代はさらに声をひそめて続けた。

「その上、なんでも自分だけで頑張り過ぎるところがあるからね……もっと周囲にも頼ることを覚えないと」

「大女将。私たちも園ちゃんを……若女将を支えますから」

園はそっとその場を離れた。

幼い頃から祖母の頑張り、彼女を支える従業員の奮闘、病弱ながらも自分のできることに力を尽くす母の姿を見てきた。そんな自分が、「くにぐち」で若女将としてやっていくことはごく自然な成り行きだと分かってはいた。

だけど。

むん、と前を向く。誰も見ていないことを確認してから、園はわざと足音を立てて玄関室を横切った。黙っていると、止まっているとどうしてもあふれてしまう思いを必死に呑み込む。

料理人の勉強を続けたかった。

ともすると、母の昌美がもっと健康だったら、旅館の跡継ぎなどではなかったらと考えてしまう。

たくさんの人に自分が作った料理を振る舞いたかった。笑顔になって欲しかった――。

フロント横の通用口を通り裏庭に出た。目隠し代わりの植え込みの向こうに国口家の住居がある。平屋建ての小ぢんまりとした家屋だ。

さらに裏手に回った。家屋の裏には、海をはるかに見渡せる崖があった。「くにぐち」は見晴らしのいい岬の突端に建てられており、この眺望も人気の一つだった。

海の轟きを聞きながら崖のきわに立つ。一歩踏み出せば、落ちる。幼い頃から、このぎりぎりの感覚がなぜか園には心地よかった。

　はるか眼下に広がる海を太陽が照らしていた。その光の粒を遠く眺めていると、やっと一人になったと思えた。若女将としての毎日には、一人になれる時間などほとんどない。この限られた私的空間だけが、ほっと息をつける場所だった。

　知らず、「でも」と口走る。

「でも、頑張る！」

　園の大声が潮風にさらわれた。

　お客様をお迎えし、喜んでもらう。これは本当に大変な仕事だ。答えや正解など決してなく、やればやるほど自分の至らなさが見えてくる。料理人になりたかった。その思いとともに、最近の園はこうも思うようになっていた。

　この旅館を、ますます素敵な場所にしたい。

　だから頑張る。

「やるぞー！」

　両手を上げて叫んだ。

　その時だ。

　ぴぃっと高い声を上げた鳥が頭上すれすれを横切った。「ひえっ！」、思わず首をすくめた園は、勢いよく前につんのめってしまう。

足元が揺らぐ。えっ？　気付いた時には、足が崖のへりを踏み外していた。

「――――！」

脳裏に、谷屋のお小言が甦る。

「若女将は昔っから、裏の崖ぎりぎりに立って海を眺めるのが好きでしょう？　もう本当に気を付けてくださいよ？」

また始まった。そう思ったことを思い出す。

「私は今でもハラハラさせられているんですよ。だから重々気を付けてくださいね？　若女将……園ちゃん」

ごめんね。園はつぶやいた。ずっとずっと、私を可愛がってくれていたのに。

ごめんね、ちゃんと話を聞いていなくて。谷屋さん。

ごめんね。

おばあちゃん。お母さん――――。

青い海に向かって、身体が吸い込まれていく。落ちているのか、飛んでいるのか。分からないまま、園の意識は暗転した。

◇目覚めてびっくりフレンチトースト

　がくがく、と激しく肩を揺さぶられた。

「ノノ！　ノノ、大丈夫か！」

　野太い男の声が耳にじんじんと響く。ノノ……？　まぶたをうっすら開いた。

「あっ！　ドランさん目を開けたよ、ノノが目を開けた！」

　また別の男の声が耳元でびんびんと響いた。うるさい。顔をしかめると同時に、後頭部に走った痛みにうっとうめいた。

「痛ーっ！」

　声が出た。飛び起き……ようとするが、頭がくらりと揺れる。とたん、がっしりとした手が身体を受け止めた。

「俺のことが分かるか？　ノノ」

　低い男の人の声。自分を心底案じているのが分かる。ぐらぐらと焦点を失っている視線をさまよわせ、覗き込む男の人の顔を見た。

「……父さん」

言葉が口をついて出た。男の人が……父のドランがほっと笑顔を見せる。

「よかった。酒瓶を踏んで、ひっくり返って頭を打ったんだ。呼んでも目を開けないから……どれほど心配したか」

「ごめん、父さん……」

父さん。その言葉が口の中で浮つく。

あれ？　頭の中に、ぷかぷかと奇妙な光景が浮かぶ。

真っ青な空。頭上を横切る鳥。揺らぐ視界――。

「！」

落ちる！　とっさに父の腕にしがみ付いた。「どうしたっ？」ドランが自分を強く抱き寄せる。

暗転しそうな脳裏に、言葉が点滅する。

リョカン。ガケ。ソノ。

これは何？　またも後頭部にびりっと痛みが走った。

「痛っ」

すると、父の反対側にいるもう一人の男の人が声を上げた。

「あーもう、ダメダメ無理しちゃ。頭を打った時、ゴーンって音が鳴ったんだからね？」

そう言って覗き込んできた。やけにきれいな顔だ。長い黒髪を頭頂部で一つにまとめ、鮮やかな布で覆っている。

彼の黒い瞳がかすかに細められた。

「僕の名前は分かる？　おちびさん」

「……マユーラ」

「当たり〜。ドランさん、大丈夫みたい。彼女はしばらく僕が見てるよ。ドランさんは朝食の準備でしょ。お客さんをお待たせしちゃう」

「朝食……準備……」

お客さん。

ハッ！

自分を支える手を押し退け、立ち上がった。父のドランがあわてたように手を伸ばす。

「こらっ、そんな急に立ち上がるな」

「もう平気！　それより朝食の準備だよ、お客さん起きて来ちゃうよ！」

「じゃあ自分の名前は分かるか？　言ってごらん！」

二人を振り返った。

「私の名前はノノ！　当たり前でしょ！」

倒れていたのは一階の帳場前だった。奥に通じる廊下を駆け抜け、ノノは突き当たりにある厨房に駆け込んだ。壁にかかっている鏡でさっと髪を整える。

「……ん？」

鏡に映る自分をまじまじと見た。

伸ばしっぱなしの濃茶の髪を無造作に結い上げ、白い顔には薄いそばかすが散らばっている。目も濃茶の色。いつもの自分の顔のはず。だが、どことなく違和感があった。

あれ？　私は、本当に私？

「む～？」

首をひねり、もう一度復唱する。

名前はノノ。十二歳。宿屋『アルカス』の一人娘。

「……当たり前でしょ。あ、いけない！　朝食の準備、準備」

石造りの大きい三口（さんくち）かまどの上に、煮炊き（にた）するための大鍋と食材を焼くためのフライパンが置かれている。かまどの中には、それぞれ小さい炎がゆるゆると上がっていた。

大鍋には父のドランが仕込んでいた野菜スープが入っている。いつもの塩味スープ。盛り付け用の葉物野菜をちぎりながら、ノノは今日泊まっているお客さんの数を頭に思い浮かべた。

港町エターノス。青い海と急峻な山に囲まれた町は景観も素晴らしく、一年を通して観光地としてにぎわっている。ここ、宿屋『アルカス』はそんなエターノスの中でも特に見晴らしのいい岬の上に建っていた。

ドランが厨房に入ってきた。大きいエプロンを着けながら言う。

「早めの朝食を頼みたいと言っていたのは、家族連れのお客さんだったな、ノノ？」

「うん。一昨日からお泊りの、お父さんお母さんと五歳の男の子。あ」

野菜を水に浸していた手が止まる。

夕べ、男の子が「パンが硬い」と言って食べなかったことを思い出したのだ。ノノは傍らに置いてある籐籠（とうかご）を見た。中には町の人々の主食である丸パンが山と積んである。

この丸パン、とにかく硬い。しかもごわごわの歯ざわり。大人はどうにかこうにか噛みちぎることができるが、子供はスープなどに浸して食べるのが一般的だ。が、べちゃべちゃした食感が気持ち悪いと嫌がる子も多い。

「うーん。どうにか美味しく食べられないかな……」

硬いパンを美味しく食べられないか。スープ以外に、柔らかくできるものがあれば――。

牛乳

声が響いた。ん？　ノノははたと立ちすくんだ。なんだ今の？

卵、砂糖

おお？　あわてて周囲を見回す。けれど、そこには大鍋をかき混ぜているドランが立っているだけだ。

今の声、どこから聞こえてきたんだろ。

牛乳。卵。砂糖でどうしろと——。

「……」

身体が勝手に動く。ノノはためらいなく戸棚から深皿を取り出すと、氷を詰めた陶器製の保冷箱を開け、牛乳を出していた。皿の三分の一まで注ぐ。続いて調理台の上に準備してある卵を二つ割り入れ、砂糖も大スプーンで二杯入れた。使い慣れた木杓（きじゃく）でざっと混ぜる。

「ノノ？」

ドランが突然料理を始めた娘を不思議そうに見た。

「どうしたノノ？　そんなもの混ぜて、何をしようというんだ？」

しかし、今のノノに父の声は届かなかった。丸パンを包丁で縦に四つに切り、生地に網の目状の切り込みを入れる。それから作った卵液の中に放り込んだ。

　牛乳は多過ぎてはダメ。出来上がりがぐちゃぐちゃになる
　砂糖は多め。卵の甘みも引き出してくれて、さらに美味しくなる

　パンを漬けている間、客用の皿を並べ、野菜を盛り付けた。それからパンを一度ひっくり返し、フライパンが置いてあるかまどの火を大きくする。

　すると、食堂に通じる出入口からマユーラが顔を覗かせた。

「お客さんがいらしたよ……あれ？」

　フライパンを見下ろすノノに気付いたマユーラが厨房に入ってきた。

「何作ってるのこれ？」

「……分からない」

「ハア？」

「でも……硬いパンも美味しくなる」

　戸惑ったマユーラとドランが顔を見合わせた。パンを卵液に漬けてから約二十分。そろそろか。ノノは保冷箱の中から出しておいたバターの塊をスプーンでこそぐと、熱したフライパンに落とした。

　甘い香りが漂う。バターが半分ほど溶けたところで、深皿の中のパンを卵液ごとフライパンに入れた。じゅわっという小気味いい音が、香ばしい香りとともに温かく上がる。

「うわっ？　何これ？　美味しそう」

片面を一分半ほど焼く。ひっくり返すと、パンを包み込んだ黄色に程よい焦げ目がついていた。「おお」とドランが感嘆の声を上げる。

「いい匂いだ……それになんと美味しそうな色なのか」

「えっ、何これ、何これ？　ノノったらこんな料理知ってたんだ？」

黄色いパンの周囲でふつふつと甘い泡を吹くバターを見ながら、ノノは思い返した。

なぜこんな料理を知っているのか。……覚えていた？

誰が？　私が？

焼き上がったパンを野菜が盛り付けられた皿に乗せていく。野菜の緑色とパンにしみ込んだバターと卵の黄色が白い皿の上で鮮やかだ。ほかほかと上がる湯気までが甘く香ばしい。

娘の手元を唖然と見ていたドランがつぶやいた。

「これは美味しそうだ」

マユーラが二皿、ノノが残りの一皿を持って厨房を出た。家族連れのお客さんの前にお出しすると、三人はいっせいに目を輝かせた。

「きれい……！」

「美味しそう！」

男の子がはしゃいだ声を上げた。ノノは自分までうきうきしてくることを感じながら言った。

「どうぞ。熱いうちにお召し上がりください」

両親と男の子が、おそるおそるというふうにナイフとフォークでパンを切り分けた。黄色い卵に包まれたパンをしげしげと見つめる。それからそっと口に入れ、ゆっくりと噛み締めた。

ぱ、と三人が目を見開いた。

「美味しい！」

「柔らかーい、甘い！」

椅子の上でぴょんぴょんと尻を浮かせた男の子が、まだ切り分けていないパンにフォークを刺した。口の周りをバターだらけにして頬張る。

母親が顔を上げた。

「驚いたわ。あのパンをこんなふうに料理するなんて。甘くて、柔らかい」

「これならいくらでも食べられる。初めて食べた、こんな味」

夢中で食べていた父親も笑顔を見せた。よかった。ノノは込み上げてくる嬉しさを噛み締め、頭を下げた。

「ありがとうございます！」

傍らに立つマユーラが、やったね、と小さくノノを小突いた。ノノはそっと振り返り、厨房のほうを見た。父のドランが立っている。

その顔は驚きに満ちていたが、すぐに笑顔になった。ノノもそっと親指を立てる。

「ねえねえお姉ちゃん」

あっという間にパンを平らげてしまった男の子がノノを見た。

「このお料理、なんて名前？」

「名前……」

料理の名前。卵と牛乳に浸し、砂糖で味付けして、バターでこんがり焼いたパン……。

「お名前、知りたい！」

「……」

フレンチ――

ああ。目を見開いた。そうだ。

ノノは大きな声で答えた。

「フレンチトーストです！」

◇運命の出会い　生姜（しょうが）と胡椒（こしょう）

青い空に船の到着を告げる汽笛が響き渡る。ノノは担いだ籠の肩紐をぎゅっと握り直し、帳場の奥にある厨房に向かって呼びかけた。

「父さん早く早く！　貨物船が来た！」

外に飛び出したくてうずうずする。そんなノノを見て、帳場の小ぢんまりとしたテーブルに座るマユーラが苦笑いした。

「ドランさんは奥様のところでしょ」

「ええ？　もう、父さんってば船が到着したのに」

厨房に駆け込み、奥にある扉を開いた。この先がノノたちの住む住居スペースになっている。短い廊下沿いにさらに二つの扉がある。右がノノの部屋、左が両親の部屋だった。

「父さん、船だよ！　早く――」

左の扉をノックもせずに開けた。父のドラン、母のミーシャが顔を上げる。ノノもはっと足をすくませた。

大きいベッドに横たわる母の頬に涙が光っていた。父のいかつい顔立ちが、さらに深刻そうにしかめられている。

「ノノ」

けれど、すぐに涙をぬぐったミーシャが優しい笑顔を見せた。両手を大きく広げる。

「おいで」

思わずノノは走り出していた。ベッドに飛び乗るようにして母に抱きつく。

「母さん！　具合はどう？」

「ええ。今日はずい分いいわ。それより、父さんから聞いたわよ。今朝、ノノが料理を作ってくれたんですってね」

「うん！　お客さん喜んでくれたよ、嬉しかった」

「作り方を聞いてびっくりしちゃった。牛乳にパンを浸すなんて……ノノが考えたの？」

「それは……」

うーんと首を傾げた。

パンを卵や牛乳、砂糖に浸す。今まで考えたこともなかった。

ただ、頭の中で聞こえたのだ。材料とか。作り方とか。しかも料理の名前まで。

「フレンチトースト……」

聞いたこともない名前が、すらりと口から出てきた時は驚いた。

それだけではない。

一瞬、脳裏によぎった光景。海と鳥、そして落ちて行く感触――。

リョカン。ガケ。ソノ。この言葉は、一体なんなのか。

眉間にしわを寄せて考え込んでしまったノノの髪に、ミーシャがそっと触れた。

「そうだ。頭を打ったんですって？　大丈夫なの？」

「ああ、もう平気。ちーっとも痛くないもん」

「それならいいけど……ノノ、私の分まで働いて疲れているでしょう？　ごめんね」

優しい母の手が髪をゆっくりと撫でてくれる。ノノはおずおずと顔を上げた。

「母さん」

「ん？」

「母さん……いつ治るの？」

母の口元にかすかな緊張が走ったのが分かった。たった今、泣いていた彼女の姿を思い出し、ノノはきゅっと真っ白いシーツを掴んだ。

「か、風邪だよね？　お医者のザーグさんそう言ってたもん」

「……ええ。そうよ。もうすぐ治るわ」

「また一緒にお料理作ったり部屋をきれいにしたりして、お客さんをお出迎えできるよね」

「もちろん。だからしばらくは父さんをよろしくね。ノノ」

うん、と頷いた。傍らに立つドランを見上げる。

「父さん、貨物船が来たよ！　早く港に行こうよ」

「あ、ああ。そうだな行かないと」

「今日は果物が残ってるといいな。母さん、楽しみにしてて」

ミーシャが小さく頷いた。透き通るような金色の髪が、白い肌に溶け入ってしまいそうだ。この母の美しい金髪に、ノノは物心ついた頃から憧れていた。自分の髪は父譲りの濃茶の色だったからだ。

「行ってらっしゃい、ノノ」

母の優しいキスが頬に触れる。その温もりを名残惜しく思いながらも部屋から出た。マユーラのいる帳場に駆け戻る。

「マユーラ、本当に留守番頼んで平気？　飛び入りのお客様、今日は三組までなら大丈夫だから。お昼過ぎにはご予約の、えっと」

「はいはい。予約表と宿帳を確認しているから大丈夫。行っておいでおちびさん」

「心配だもん。マユーラ一人に帳場を頼むの初めてだから。私、なるべく早く戻ろうか？」

「ノノ。いい加減、もっと僕のこと頼ってくれてもいいと思うよ？」

そう言って微笑むマユーラが、優雅に脚を組み換えた。彼が座ると、素朴な木の椅子がやけに豪華に見えてくるから不思議だ。

奥からドランが出てきた。ノノが担ぐものより二回りは大きい籠を背負っている。

「じゃあマユーラ君。留守番を頼んだよ」

「はあい。お二人とも行ってらっしゃい」

ひらひらと手を振るマユーラに背を向け、宿屋の玄関を出た。乾いた空気に混じる、温かな陽射しが快い。ノノの足取りも自然と軽くなった。

エターノスは一年を通した温暖な気候が特徴だった。今のような冬場は特に観光客の姿が多い。海や山の景観に加え、温暖な気候を求めて人々はこの港町を訪れるのだ。

そんなエターノスにある宿屋、民宿の中でも、屈指の景勝地に建つ『アルカス』。ノノの母、ミーシャは接客から買い出し、掃除や洗濯など宿屋の雑務を一手に引き受け、夫のドランとともに『アルカス』を支えていた。

無口なドランと、明るく陽気なミーシャ。この二人の温かく誠実なおもてなしで、宿屋『アルカス』は順調に続いていた。

だが、ふた月ほど前、ミーシャが突然倒れたことで事態は変わった。

原因不明のだるさが続き、ベッドから起き上がれなくなってしまったのである。酷い風邪をこじらせた。ノノはドランからそう説明されていた。

でも――。

軽かった足取りが止まる。下り坂の前方に伸びる自分の影が、足元に重くまとわり付く。

ノノはわざと明るい声を上げた。

「マユーラがいてくれてよかったね、父さん」

港へ向かう坂道を黙々と下るドランが小さく頷いた。

「そうだな。彼がいなかった時は、こうして二人で買い出しにも出られなかったからな」

マユーラはひと月ほど前、『アルカス』に滞在していた客だった。エターノスに興業で訪れた曲芸団の一員だったのだが……。

興業三日目、興行主が売り上げのすべてを持って夜逃げしてしまったのである。それを知った団員たちは、『アルカス』から一晩のうちにきれいさっぱり姿を消してしまったのだ。

翌朝、宿に残っていたのは何も知らされていないマユーラ一人だけだった。

「ひどい。置いていくなんて」

仲間に置き去りにされたマユーラはひどく悄然としていた。艶やかな美貌までが、その時ばかりは今にも枯れてしまいそうに見えていた。

彼から団員全員の宿泊代を取り立てることなど不可能だ。弱り果てたドランは、ミーシャが倒れたばかりだったこともあり、マユーラを住み込みで雇うことにしたのである。

以来、その見目と人当たりの良さのおかげで女性たちから絶大な人気を得ている。力仕事も料理も不得手なマユーラだったが、ミーシャが不在の今、『アルカス』になくてはならない存在になりつつあった。

「そうだ。マユーラ、この前面白いこと言ってたんだよ」

　数日前、彼と話したことを思い出したノノは、ふふっと笑った。

　終業後、食堂でお茶を飲んでいた時、余った丸パンをちぎって咀嚼(そしゃく)していたマユーラが、ため息をついて言ったのだ。

「こういうパンにしろ肉にしろ、もっと違う食べ方がないのかな」

「違う食べ方？」

「そうだよ。だってしょっぱいか甘いかしかないじゃない。もしくは硬いか大きいか」

「でも料理ってそういうものでしょ」

　ノノは首を傾げた。

　味付けは塩か砂糖。スープは塩味。果物や小麦粉をこねたお菓子には砂糖。豪華な料理は肉。厚ければ厚いほどいい。

「そうなんだけど……いや、僕もずっとそういうものだと思っていたけど。なんかもっと、違う食べ方があってもいいと思わない？　肉だってさ、厚けりゃいいってもんでもないでしょ」

「でもそれで『ガラリヤ』は繁盛してるよ」

　エターノスきっての高級宿『ガラリヤ』。宿泊代は『アルカス』の数倍で、客層も要人や富裕層などばかり。料理に出る肉の厚さも、『アルカス』の比ではない。

「このへんで牛肉が食べられるのは『ガラリヤ』だけだもん」

エターノスは観光産業で潤っている町だ。農業は発展しておらず、代わりに漁業が盛んである。庶民の食卓は港で獲れる魚、養鶏農家が卸す鶏や卵、十日に一度の定期貨物船が運んでくる野菜や食材に頼っていた。

高級宿『ガラリヤ』を経営するザムイ一家は、町を囲む山裾一帯を牧場にしており、そこで数多の牛を飼育していた。『ガラリヤ』で消費される牛肉のみならず、牛乳、バターやチーズといった乳製品の加工、周辺地域への流通を完全に独占している状態だった。

しかも、貨物船が到着するたびに、このザムイ一家が最初に買い付けをする。これがエターノスの暗黙のしきたりだった。そのため、良質な砂糖や高級菓子、果物などもほぼすべてザムイ一家が掌握しているのである。

結果、『アルカス』を含めたエターノス中の宿屋、民宿は、設備や料理の豪華さで『ガラリヤ』にはとてもかなわない。

あーあ、とため息をついたマユーラがノノを見た。唇の端を心持ち引き上げ、妖艶な笑みを見せる。

「魔法を使える人が現れないかなぁ」

「魔法?」

「そう。なんでもない食材を、この上なく美味しくしてくれるの。それこそ、『ガラリヤ』

の分厚いステーキなんて目じゃないくらい」

そんな料理あるわけない。マユーラの言葉を思い出したノノは、また笑ってしまった。

一人でくすくすと笑う娘の傍らで、籠を背負い直したドランが静かに口を開いた。

「マユーラ君の言う通りだな。今のままでは、うちのような小さい宿屋はいつまでも『ガラリヤ』にかなわない。魔法でも使わない限りな」

「父さん」

「鉄道が通る話も出ている。よその国や町からのお客さんはますます増えるだろう。そうなれば『ガラリヤ』はさらに大きくなるだろうし、ほかの地域から新たに宿屋を開くために参入する者も出てくるかもしれない」

鉄道の話は前々から町の人たちが噂していた。山を切り崩し、線路を通して汽車を走らせる。線路も汽車も、とてつもなく大きくて頑丈な鉄の塊だという。

船が山のお腹をぶち抜いて進むようなものか。そんなものができて、山は大丈夫なのかな？

見慣れたエターノスが変わっちゃう。うっすらと込み上げてくる不安から、ノノはそっと父の手を取った。すぐにドランがぐっと握り返してくれる。

「ノノ。頭はもう痛くないか？」

「うん。大丈夫だよ」

「そうか。でも変だと思ったらすぐに言うんだぞ？　お前まで――」

それきり、ドランの言葉は続かなかった。父娘は手を繋いで港へ向かう坂道を下った。

眼下には道沿いに並ぶ商店や民家が見渡せた。それら家々と道の向こうに、青い海と停泊している貨物船が見える。にぎやかさが近付いてきて、ノノはまたワクワクし始めた。

「港だあ……！」

海から吹く風が、濃い潮の匂いを運んできた。水面を渡る海鳥の声が、ノノの耳にも遠く聞こえた気がした。


海へ続く大通りに入ると、左右に立ち並ぶ商店や露店の店先からいっせいに声をかけられた。

「ドラン！　ミーシャの具合はどうだい」

「ノノ、今日もお手伝い？　偉いわねえ」

行く先々で引き止められ、話しかけられる。

父のドランは非常に手先の器用な男で、頼まれれば家の修繕であろうと用具の修理であろうとなんでもこなしてしまう。

寡黙で実直な人柄のドランは町中の人々から慕われており、ノノもそんな父のことを誇りに思っていた。

途中、野菜売りのライラおばあちゃんが声をかけてきた。露店には貨物船から仕入れたばかりの葉物野菜、じゃがいもやにんじんといった根菜がずらりと並んでいる。

ノノの頭を撫でたライラが、しきりに目尻を拭った。

「まったく火が消えたようじゃないかい、ミーシャが倒れちまうなんてさ……食堂はまだ再開できないんだろう?」

『アルカス』は、昼夜の食堂を宿泊客以外にも開放していた。けれどミーシャが倒れた今、食堂の利用は宿泊客だけに限定している。これが『アルカス』の収入には大きな痛手であることを、ノノも薄々気付いていた。

「ノノ、あたしも、娘たちもいつでも手伝うからね。何かあったらすぐに頼るんだよ」

「大丈夫だよライラおばあちゃん」

「まあまあ。あんたはお父さんとそっくりなんだよ。ちっともこっちを頼っちゃくれない。なんでもかんでも一人で背負っちまうから、あたしゃ心配で心配で」

マユーラにも似たようなことを言われたな。つい苦笑したノノの目に、ライラの背後に無造作に置かれた籐籠が映った。おや。いつもは気に留めないのに、なぜか今日はその籠に目が引かれた。

余ったからと行商人に押し付けられたらしき残り物の野菜が入っている。屋台に並べても、買う人がいないのであぁして隅に置いているのだ。細長い形状。身は白いが、先っぽは青々としている。どんな味がするのか、ノノには見当もつかない。

長ネギ

「えっ？」

声を上げた。ライラとドランが振り返る。ノノはあわてて口をふさぐと、笑ってごまかした。

まただ。また、あの声。

ライラの屋台から離れても、ノノはずっと考え続けた。

ナガネギ？　もしかしてあの野菜のこと？

少し行くと、ザムイ一家が卸す乳製品を小売りするドドーリじいさんの店があった。ドランを引き止めたドドーリが、眉をひそめて首を振る。

「ザムイ一家め。またチーズやバターを値上げしやがった。このままじゃ俺たち庶民の口には入らなくなっちまうよ」

「ああ。ザムイ一家は鉄道を通す計画の中心でもある。町長も言いなり。今のままでは、どんな無法もやりたい放題だ」

大人の世界も大変だ。そう思いながらも、ノノは目の前に近付いてきた貨物船の大きさにそわそわしていた。

もう、何も残らなくなっちゃうよ！

「父さん、早く、早く行こうよ！」

話し込むドランの腕を引き、港へと急いだ。

港に出ると、接岸している船がひと際大きく迫った。船と石積みの護岸の間を小舟が複数行き来している。ノノとドランも早速舟に乗り込み、貨物船の横手に着けてもらった。頑丈な縄梯子(なわばしご)をのぼって船に乗り込む。

広い甲板には、物資が詰め込まれた木箱がいくつも置かれていた。買い物をする町の人や行商人、船員たちの威勢のいい声が飛び交っている。

「果物！　果物余ってない？　いちご」

顔見知りの果物売りの行商人に声をかけた。彼は日焼けした顔をくしゃりと笑ませると、申し訳なさそうに言った。

「すまないね、今日もザムイさんたちが買ってってたよ」

「ええ……」

確かに、箱の中には山盛りのバナナしか残っていない。エターノスでは珍しくもない果物。がっかりした。今日こそはいちごを手に入れようと思っていたのに。

「母さんに食べさせてあげたかったな……」

　いちご。まれに入手した時にしか食べられないが、口の中で弾ける甘さ、ほどよい酸っぱさはいつ食べても感激する。口中を満たす甘い香りも。

　傍らで黙々と野菜を買い付けるドランを振り返った。

「それにほら、二日後に来るお客さん、子供の誕生祝いをやりたいって手紙に書いていたじゃない？　だからいちごを出してあげれば喜ぶと思ったんだけど」

　宿の予約は手紙のやり取りで行っている。半月前、山二つ向こうの町に住むルシス一家から、『アルカス』に予約を申し込む手紙が届いたのだ。

　エターノスに観光がてら、十歳になる娘の誕生祝いがやりたい。『アルカス』でお祝いの会を開けないか。手紙には、ルシス氏の几帳面な字でそうしたためられていた。

　この手紙を読んだノノは俄然張り切った。喜んでもらえるお祝いをしてあげたい！

……と、思っていたのだが。やはり、いちごはザムイ一家に買い占められてしまった。

「悔しい～……なんでザムイの家だけがいつもいつも買い占めちゃうのよ」

「だけどお嬢ちゃん、これは残ってるよ！」

　するとがっくりしたノノに、行商人が一抱えもある丸い果実を押し付けてきた。ええ、とノノは声を上げる。

「またこれぇ？」

「その代わり半値でいいから。あ、もう一つおまけしちゃう！」

ノノは持たされた大きい果実を見下ろした。地の緑色に、うねうねした黒い筋が入った果物。

スイカ。決して不味くはないのだが、種が多い上にほかの果物に比べて味が薄いことから、あまり人気がないのだ。しかも今は旬でもないため、甘みも少ない。

「でもまあ……何もないよりいいか……」

スイカ代を支払ってくれた父の籠を見ると、やはりいつもの野菜しか入っていなかった。焼き菓子なども、すでにザムイ一家が買い占め済みだ。

「いつもと変わらない……あーあ、ルシスさんの誕生会、何を作ってあげようかなあ」

このままじゃ、鶏肉と野菜入りの塩味スープ、焼き魚、丸パン、スイカくらいしか用意できない。それって、いつもの夕食と何も変わらないじゃない？

そうぼやいて、くるりと船を見渡したノノの目に、甲板の隅でぽつねんと佇む行商人の姿が映った。つい、目が引かれたのは、彼の髪色がマユーラと同じ漆黒だったからだ。誰の目にも見えていないかのように、彼の周囲にだけぽかりとした空間がある。

近付いてみると、床に広げられた大布の上に奇妙な食材が並んでいた。黄土色のしなびた根っこみたいなものと、しわしわとしぼんだたくさんの黒い実。

とても食べるものには見えない。なんだこれ？　しなびた根っこに鼻を近付けてくんくんと嗅いでみた。かすかに、鼻腔の奥をつんと刺激する匂いがする。

「――」

生姜

ん？　はっと根っこを見た。え？　何、今の。

「ショウガ……？」

ほう、と黒髪の行商人がかすかに笑った。

じゃあこっちは。黒い実を摘まみ、鼻に近付けた。つぅん、とまたも刺激のある匂いが鼻腔を満たす。

胡椒

「コショウっ？」

ますます、面白いというふうに行商人は笑った。

「遠く旅してきた甲斐がありましたよ。あなたみたいなお嬢ちゃんに会えるなんて」

「こ、これ……」

両手に握り締めたショウガ、コショウの粒を見下ろす。

絶対に手放してはダメ。これがないと。

料理が美味しくならない！

振り返った。小麦粉の値段交渉をしている父に向かい、あわてて叫ぶ。

「と、と、父さん！　これ買って！」


海上を往復する小舟を下り、岸に上がった。背負った籠がずっしりと重い。

勢いに任せ、ショウガとコショウを買ってしまった。使い方もよく分からないというのに。

あの声は一体なんなのだろう？　今朝、頭を打ったせいか。

周囲の人々がざわめいた。見ると、ノノとドランのほうへ近付いてくる一団がいる。あ、とノノは息を呑んだ。

ザムイ一家だ。護岸の端にはこの町唯一の自動車が停まっている。

「やあやあ、ドラン」

現ザムイ家当主、ザムイ四世が大げさに両手を上げて微笑みかけてくる。彼の背後には目つきの悪い用心棒たち、娘のフレア、そしてもう一人、町では見かけたことのない女性がいた。フードのついた黒いマントを羽織っており、顔立ちも年齢もよく分からない。

フレアと目が合う。くるくるとした金髪の巻き毛、豪華なリボンでウエスト部分をキュッと引き絞ったドレスが今日もきらきら輝いている。シャツの上によれよれの上着、半ズボンの自分とはえらい違いだ。うげげ。ノノは急いで目をそらせた。

同じ歳の二人はともに町の小学校に通っている。が、ザムイ家の娘であるフレアは常に特別待遇、さらには同じ宿屋業を営むこちらを必要以上に目の敵にしており、ノノは彼女のことが苦手だったのだ。

父のドランとザムイが握手を交わす。でっぷりと太ったザムイの厚い手が、ドランの頑丈な肩をばんばんと叩いた。

「奥さんの具合はどうだね。麗しいミーシャ殿の体調は」

「……おかげさまで」

「そうか、それはよかった！　しかし困った時はいつでも相談してくれよ。同業のよしみだ。何しろ『アルカス』はこの美しいエターノスを貧乏人でも楽しむことができる宿だからな。庶民的ってやつだ！」

突き出た腹を揺すってザムイが笑う。さっとノノの顔が熱くなった。バカにされた。

けれど、ドランはまったく表情を変えずに頷いた。

「その通りだ。俺もエターノスの素晴らしさを多くの人に知って欲しいと思っている」

動じないドランの態度に、ザムイがかすかに目をすがめた。が、すぐにおどけたように両手を上げると、にやにやと笑った。

「今のままでは宿の経営もままならないだろうし、ミーシャの治療代のこともあるだろう。なあドラン、例の話だが」

「ザムイ」

ドランの鋭い声が上がった。ザムイが口を噤む。

「その話は、今はやめてくれ」

言われたザムイが、後ろに立ち尽くすノノをちらと見た。不快が不安に変わる。ぐ、とノノは息を詰めた。

すると、黙っていたフレアが口を開いた。父親譲りの緑色の目を細め、ノノに訊く。

「あの芸人崩れの男。まだ『アルカス』にいるの」

「え？　マユーラのこと？　……うん。いるよ」

「そう」

自分から訊いておきながら、フレアはぷいとそっぽを向く。何だこいつ。つい、眉間にしわを寄せてしまった時だ。

ざ、と誰かが近付く気配を感じた。振り返ると、ザムイの背後にいた女性がノノのほうへ歩み寄っていた。

「お前」

黒いマントの中から、しなびた指先が現れる。どうやら老婆のようだ。その指に射られたように感じ、ノノは動けなくなってしまった。

「お前。悪い娘。悪い娘だね」

悪い娘。全身から血の気が引く。

ドランが顔をしかめた。そんなドランの表情を、ザムイは軽く笑い飛ばした。

「ああ、このばあさんは占い師だよ。隣町で当たると評判だったのでね。『ガラリヤ』の余興の一つとして雇ってみたのさ」

「占い師？」

老婆がノノのほうへ指先を突き付けた。

「お前の母親の病気はその報いだ。お前、前世では母親も、そしてそのまた母親も大切にしていなかったね。悪い娘だ」

前世。

母親――。

足ががくがくと震え出す。とたんに、逞しい腕に抱き寄せられた。父だ。

「子供相手に、妙なことを言うのはやめてくれ」

そう言うと、ドランはぎっとザムイを睨んだ。

「いくらなんでも度が過ぎる。二度とこのばあさんをノノに近付けないでくれ」

口をへの字にしたザムイが肩をすくめた。頬には意地の悪い笑みがうっすらと浮かんでいる。

父に肩を抱かれ、歩き出した。強い力が肩に込められる。

「気にすることはない」

温かい声音が沁みる。その声と大きい手の温もりに支えられながらも、ノノは振り返れなかった。あの黒い老婆の姿を見るのが怖かった。報い。悪い娘。

前世。

◇素敵な誕生会　鳥からと嬉しい贈り物

崖の上に立っている。眼下に広がる海の大きさは『アルカス』から眺めるものと同じだが、風景はどことなく違う。

あれ？　ノノは首を傾げた。

ここ、どこだろう。私、なんでこんなところに。

頭上を振り仰いだ。とたんに、真っ青な空を切り裂くように黒い鳥が真上から降ってくる。

「！」

頭をかばい、首をすくめた。同時に足元がぐらつく。

落ちる！

手を伸ばした。脳裏に、女の人たちの顔が浮かぶ。

おばあちゃん。お母さん――。

「母さんっ」

飛び起きた。目に映るのは、見慣れた自分の部屋、見慣れたベッド。

それなのに、胸の動悸が治まらない。寝汗をうっすらかいている。はあ、と息をつきながら、ノノはきゅっとシーツを握りしめた。

母さんの病気は、私のせい？

私が、悪い子だったから……？

「あ？　いけないっ」

しかし、すぐに枕元に置いてある時計を見てぎょっとした。十五分も寝坊している。

母のミーシャが倒れてから、朝食の準備と配膳までを、学校に行く前のノノが務めるようになっていた。今、厨房には父が一人でいるはずである。

あわてて身支度を整え、教科書一式が詰め込んであるカバンを手に部屋を飛び出した。

厨房に続く扉を開け、「父さん！」と叫んだ。

「ごめん、寝坊した！」

「おはよぉ〜ノノ」

ところが、厨房にいたのはマユーラ一人だった。のんびりとした顔で振り向くと、にっこり笑った。

「ドランさんは外で薪割り。今日は朝食を召し上がるお客さん一組だけだからね。そんなあわてなくて大丈夫」

　言いながら、慣れない手つきで卵を割ろうとする。ノノはひやひやしながらその手元を見守った。

「ああ、やるよマユーラ、私がやるっ」

「うーん、卵一つ割るのもコツがいるんだねえ。あ、そうだノノ。昨日のフレンチトースト、朝食のメニューに加えたらいいいんじゃない」

「え？」

「絶対『アルカス』の名物になるよ。あんな美味しいパンの食べ方、誰も思いつかなかったもん」

　名物。なるほど、そんなこと考えもしなかった。

「お客さん、喜んでくれるかな……」

　母の不在は、ゆるやかだが『アルカス』の経営に響いてきていた。以前ほどきめ細やかな接客ができずにいる。掃除も洗濯も、父とノノ、マユーラで精一杯やってはいるがどうしても行き届かない。

　ミーシャの存在の大きさを、ノノは今さらながら痛感していた。

「ノノ」

　すると、身を屈めたマユーラが顔を覗き込んできた。黒く美しい石に見つめられたようで、ノノはぎょっと後ずさる。

「えっ？　何っ？」

「僕、これから『ガラリヤ』に殴り込んできてあげようか？」

きゅ、と胸が痛くなった。おそらく、ドランから昨日の占い師の一件を聞かされたのであろう。

「ノノを悲しませるなんて、僕が一発ガツンと言ってやる」

「もう……マユーラみたいに細い人、すぐに追い返されちゃうよ」

「いやいや。女の子のためなら僕は頑張るよ？　可愛いお姫様を傷付ける悪者は絶対に許さない」

「可愛いって」

苦笑した。伸ばしっぱなしの濃茶の髪を摘まむ。

フレアや母のように見事な金髪、さらにはリボンやフリルのついたドレスでも着れば、少しは可愛いのだろうけれど。

そんなノノをじっと見ていたマユーラが、あ、と声を上げた。

「そうだ。明日は誕生会をご希望のお客さんがいらっしゃるでしょ。お祝いのごちそうはどうするの」

それもあった。うーんとノノは天井を見上げた。

「高価な果物は全部ザムイ一家に取られちゃったし」

「残ってるのは鶏肉や野菜……いつもの材料だね」

その通りだ。いつもと代わり映えしない素材ばかり。後は使い道のよく分からないショウガとコショウ。

でも。

「その誕生会が素敵だったら、お客さん嬉しいよね」

「え？　そりゃそうでしょ」

うん、と頷いた。自分を心配そうに見つめるマユーラを振り返る。

「私、ルシスさんご一家に喜んでもらうために頑張る」

「ノノ」

「父さんも喜んでくれる。『アルカス』のためになる。そうしたら……母さんの病気も、きっと良くなるよね！」

「ノノー！」

外でドランの声が上がった。

「起きてるか？　学校に遅れるぞ」

「あっ」

カバンを抱え直し、ぴょこんと飛び上がった。厨房にある通用口から外に出る。「ノノ！」

と叫ぶマユーラを見た。

「ありがとうマユーラ。私、大丈夫だから。行ってくる！」

裏庭で薪を割るドランの横をすり抜けた。

「行ってきます父さん」

「行っておいで。坂道で転ぶんじゃないぞ」

はーいと答えて手を振った。

お客さんに喜んで欲しい。自然と足が速くなった。

なんだろう？　今までよりずっと、その思いが強くなってる。胸からあふれる。

宿屋のために頑張る！

『アルカス』が建つ岬の坂道を、町目指して駆け下りる。遠くに広がる海と空、その青い色の中に落ちて行きそうに感じた。


学校の授業を終えたノノは、友人二人とともに『アルカス』に帰宅した。自分の部屋に飛び込み、机の上に今日の宿題を広げる。

「今日は算数だからティーナが先生な！」

エターノスで養鶏業を営むサッス家の息子イアージがティーナに言った。ティーナは町で洋服店を営むボワン家の三女だ。得意科目は算数。宿題に出た時は、彼女が率先して問題を解く。

ティーナが口を尖らせた。

「先生って、イアージは私の答えを写すだけじゃない」

「まあまあ、細かいことはお気になさらず」

言われたイアージがにかりと笑った。

しばらく、三人はノノの机で黙々と宿題をやった。が、三十分もしないうちに、飽きたイアージがベッドの上にぽんと飛び乗った。

「なあ。鉄道の話、父ちゃんたちから聞いてるか？」

宿題帳から顔を上げたノノとティーナは視線を交わし合った。

「うん。パパとママ、この頃その話ばっかり。鉄道が通ったら、エターノスに今よりもっと人が来るようになるんでしょ」

現在、エターノスに来る手段は自前の馬車や自動車、町から町へ乗り継ぐ乗合馬車、もしくは定期船のみに限られている。山をぶち抜いて一気に到着できる鉄道が通れば、今よりさらに観光客が詰めかけることになるのは目に見えていた。

「鉄道会社の社長がザムイ一家の知り合いなんだって。で、今より町が大きくなったら、よそから新しい商売人がたくさん入って来るだろうって父ちゃんは言ってる」

「商売人？」

「俺の家みたいな養鶏家もいるだろうし、ノノの家みたいな宿屋や食堂、ティーナん家みたいな洋服屋も入ってくる。だから今、町でそれらの仕事に就いている人たちは、全部追い出されちまうって」

そんな、とティーナが眉をひそめた。

「ただでさえ、貨物船にほかの国のきれいな布があっても、ザムイ一家に全部取られちゃうのに」

最近、『ガラリヤ』内に洋服店ができたという。職人を雇い、貨物船で仕入れた世界中の珍しい布を使って服を作っているらしい。しかも高級品だけでなく、お手頃な価格のものもあるとかで、ティーナの実家、『ボワン洋服店』は客足が落ちているのだ。

あーあ、とイアージが伸びをする。

「このままじゃ、エターノスはザムイ一家のものになっちまう――」

「ノノぉ！」

威勢のいい声とともに、マユーラが飛び込んできた。目を丸くした二人の友人を見て、「あらら」とつぶやく。

「お友達？　ああ、ニワトリ屋さんと洋服屋のティーナちゃんだね。こんにちは」

「ニワトリ屋ぁ？」

イアージが顔をしかめた。マユーラは構わず、持っていた大きい布地をひらひらとさせながらノノの傍らに立った。

布には赤地に金糸や黄色の糸が織り込まれ、ところどころに白と黒の糸も入っていた。夕陽が沈む赤い海を連想させる美しい布。

「きれい」

いち早く目に留めたティーナが感嘆の声を上げた。ふふ、とマユーラが笑う。

「でしょう？　僕、ノノにはこの色が似合うと思ったんだ」

そう言うと、ノノの茶色い髪を結い上げていた紐をほどいた。「えっ」驚いたノノの髪をすばやく指で梳き、整える。

それから、ほぼ正方形の布を三角に、さらに上下を折って細長い形にした。髪を上げさせたノノの後頭部に引っかけ、布の両端をおでこの上で交差させる。そして再び後頭部に回すとふわりと結んだ。

ティーナが「うわあ」と声を上げた。

「ノノ、可愛い！」

「えっ」

「やっぱりね。ノノの茶色い髪には赤系の色がいいかなって思ったんだ。ノノは目の表情も生き生きしているからね。赤の色が映えるんだ」

「ほら。見てみてノノ。すごく可愛い」

ティーナが壁にかかった鏡の前にノノを押し出す。ノノはおそるおそる鏡を覗き込んでみた。「あ」と声が出る。

赤い布が大きいリボンのようになっている。派手な色合いだが意外にも大人っぽい。めったに下ろさない長い髪と美しい布が、ノノの小さい顔を彩るように広がっていた。

「これ、曲芸団の衣装で使っていたものなんだよ。お客さんと顔を合わせる仕事なんだから、ノノもこのくらい可愛くしてもいいと思って。ね？　可愛いよね、ニワトリ君」

ポケーッとノノを見つめていたイアージをマユーラが振り返る。彼が顔を赤くして飛び上がった。

「ニ、ニワトリじゃねえって、それに、ノ、ノノが可愛い恰好したって、笑っちま……」

「アア？」

一転、笑顔をかき消したマユーラが目をすがめた。ひえ、とイアージが首をすくめる。が、すぐににっこりほほ笑むと、マユーラはノノを見た。

「でさ、何か端切れがないかなって思って」

「端切れ？」

「うん。明日のお誕生会のお客さん、女の子でしょ。何か作ろうかと思って」

「えっ。マユーラ、そんなことできるの？」

驚いたノノを見て、マユーラが恥ずかしそうに頬をかいた。

「曲芸団ではこれでも衣装やお化粧を担当していたから、ちょっとは」

「だけど置いていかれたんだろ」

ここぞとばかりにイアージが逆襲した。そんな彼の後頭部をティーナがぽこんとはたく。

うーんとノノは首を傾げた。

「でも、贈り物になるようなきれいな布はないなあ」

「小さい端切れでいいんだ。色がたくさんあるとさらにいいけど」

「あ、じゃあ」

ティーナが手を上げた。

「うちの店の余った端切れ、持ってこようか」

「えっ？」

「洋服とか帽子とか……作った時に布が余るから」

「だけど、それだって商売ものでしょ。もらったりなんて」

戸惑うノノに向かって、ティーナが言った。

「何言ってるの。今はミーシャおばさんも倒れて大変でしょ。私たちで手伝えることはなんでもするよ」

「でも」

「ありがとうティーナちゃん！」

ところが、横からマユーラの声が割り入った。ティーナのほうに顔を寄せ、じっと見つめる。吸い込まれそうな黒い瞳に見つめられたティーナが、さっと顔を赤らめた。

「君はなんて優しいんだろう。姿かたちだけじゃない、心まで可憐で純粋なんだね」

「マ、マユーラ、だけど」

「ノノ。なんでもかんでも自分だけで解決しようとしちゃダメだよ。みんなで協力し合えば、もっと素敵なことができる」

頼って

「！」

びく、と跳ね上がった。「ノノ？」気付いたティーナが不思議そうに顔を覗き込む。

「どうかした？」

「う、ううん。なんでもない」

あわてて首を振った。けれど、動悸は止まらない。なんだ？　この声。

頼って

つい、胸を押さえていた。なぜか寂しくなる。

マユーラに向かってイアージがけっと毒づいた。

「さっきから、なんでティーナの名前だけ覚えてんだよっ」

「当然。僕は女の子の名前は絶対に忘れないんだ」

「お、俺だって明日は上等な鶏肉届けてくれってドランおじさんに頼まれてるんだからな。その誕生会、俺んちの鶏を出すんだろ？」

誕生会のメニュー。頭の痛い問題を思い出したノノは腕を組んだ。

「そうなんだけど……このままじゃいつものメニューと変わらないなあって思って」

「ハア？　おいおい、俺んとこの鶏は塩ふって焼くだけで美味いんだぞ。そ、そりゃあザムイんとこの牛肉に比べれば、ごちそうって感じじゃねえけど」

「分かってるよ！　サッスおじさんの育てる鶏が美味しいのは分かってる。だけど……もっと違う食べ方がある気がして」

「ええ？　そんなのあるわけねえよ。塩ふって焼く以外どうするんだよ」

「それに果物も。いちごみたいな高級なものは出せないけど喜んで欲しいんだ。お客さんに。父さんに。

母さんに――。

鳥から

んっ？　ノノは目を見開いた。
トリカラ？
塩を揉み込んで、胡椒を隠し味
生姜をたっぷりすり下ろせば
「……美味しくなる」
唐突に目を見開き、独り言を言い始めたノノを、三人が訝しげに見た。
衣にも下味を付けて
コロモ？　えっと、それは
片栗粉（かたくりこ）
カタクリコ。えっ、何それ、どうやって作ればいいんだ。

揚げる

アゲル？　アゲルって何？

「！」

脳裏に、見たことのない光景が映し出される。

大きい布を身体に巻いたような不思議な衣服。木の造りの、どこか古めかしい建物。

けれどその光景はすぐにかき消えた。次に脳裏に浮かんだのは、女の人の両手だった。

右手には包丁、左手には肉の塊。皮の感じから見て鶏肉だ。板の上でさばいているのだ。

刃物の運び、手さばきからして、手の主が非常に慣れていることが窺えた。そして真剣。

声が響く。

美味しい料理が作りたい。

そうして――。

喜んで欲しい

「えっ！」

次に脳裏に浮かんだのは、果物のスイカだった。こちらも初めて見る細工が施されている。

「なるほど……！」

あわてて、開きっぱなしの帳面に、頭に浮かんだ絵図を描く。その手元を三人がぽかんと見つめた。

「なんだそれ……？」

「これ、あれよね」

「スイカ？」

描き上げた帳面を手に、部屋を飛び出した。「父さん！」、隣の部屋に飛び込む。母のミーシャに手ずからスープを食べさせていたドランが驚いた顔をした。

「ノノ？」

「父さん、これ見て！　明日の誕生会、これを作ったら喜ばれると思う！」

娘の勢いに戸惑うドランだったが、帳面を見つめるうちに真剣な顔になった。

「これは……」

「こういうふうにすれば、見慣れたスイカでも喜んでもらえると思うの」

「ノノが考えたの、これ……？」

「明日、父さんはこれを作って。で、料理は私に任せて！」

「えっ？」

両親が目を見開いた。ノノは大きく頷いた。

「考えがあるの。必ず美味しいって喜んでもらえる料理を作るから」

むむ、とうなったドランが眉をひそめる。

「しかし、こういうものを作ったことがない」

「父さん、でも」

「俺に作れるかどうか。スイカをこういうふうにするなんて考えたこともないからな」

「ドラン」

ためらう父の腕に、母がそっと手を置いた。

「あなたらしくないわ。挑戦しないなんて」

「……ミーシャ」

「ドラン。……失敗できないと思っているんじゃない？」

はっとドランの唇が震える。ノノも息を呑んだ。

ミーシャの青い目が、真っ直ぐ夫を見つめ返した。

「私のことなんて気にしないで。それより、ノノが、私たちの娘が『アルカス』とお客さんのために一生懸命考えてくれたのよ。ここで挑戦しないなんて、あなたらしくない。やってみましょう」

「ミーシャ」

「あなたならできる。私には分かる」

大きく頷いたミーシャを、ドランがそっと抱き寄せた。彼の逞しい腕の中から、母が手を伸ばす。

「ノノ」

ノノも二人に飛び付いた。父の大きい腕が上からぎゅっと抱きしめてくれる。

「ありがとう。二人とも」

「スイカは二つあるから！　練習すればいいよ。父さん、絶対できるよ」

ふふ、とミーシャが笑った。臥すようになってから、ますます白くなった肌にほのかな赤みが差す。

「ノノ。父さんをよろしくって言った私の言葉を守ってくれているのね。ありがとう」

「そうだよ。父さんは母さんと私がいないとダメなんだから」

「まあ」

「その通りだ。俺はお前たち二人の女性がいないとダメな男なんだ」

父の腕を抱き返した。温かさが、母のベッドに積もっていく。

見ると、扉の隙間から覗いていたマユーラたちがニッと笑って親指を立てた。ノノもそっと頷いた。

やるぞ。素敵なお誕生会！


翌日は朝からてんてこ舞いだった。

朝食時、試しに出してみたフレンチトーストは、マユーラの言う通り大好評だった。

「丸パンをここまで甘く柔らかくできるなんて……こんな料理食べたことがない」

「これを食べるためだけに、またここに泊まりたいよ！」

誰もが口々に誉めそやす。自信を得たノノとドランは、この一品を朝のメニューに加えることに決めた。

昼過ぎ、鶏モモ肉を荷車に積んだイアージが『アルカス』にやって来た。肉を詰めた木箱を厨房に次々と運び込む。

「モモ肉でいいんだよな」

「うん、ありがとう！　そこに置いてって」

すると、忙しく厨房内を飛び回るノノを見ていたイアージが、ぼそりとつぶやいた。

「俺、今日はこの後、手伝いがないんだ」

「え？」

「だ、だから……なんかやることあるなら、手伝ってやるよ」

そう言うと、ぷいと横を向いた。そんなイアージの横顔を、ノノはまじまじと見た。協力し合えば。マユーラの言葉が甦る。

もっと頼って。

「……分かった、じゃあお願いする。これ」

調理台に山と積み上がったじゃがいもを指した。どれもすでに皮を剥いてある。「え」、イアージが目を白黒させた。

「じゃがいも？　これをどうしろと」

「すり下ろして欲しいの」

「はあ？　する？」

「そう。たくさん必要だから……うーん十五個くらいはお願いする」

「そんなにすってどうすんだ」

「カタクリコ！」

カタクリコ、とイアージが首を傾げた。友人の心底不思議そうな顔に、ノノはくすくす笑った。

「ありがとうイアージ。すっごい助かる！」

イアージの頬がかすかに赤らむ。「おう」と拗ねたように口を尖らせると、早速大きいおろし金を手にじゃがいもをすり下ろし始めた。

彼に任せたおかげで、次の工程に移ることができる。ノノは取り出したモモ肉を調理台に乗せ、ふっと息をついた。

自分の身体が、自分のものではないみたい。

私の料理で、喜んで欲しい――。

手が包丁を握る。考える前に、身体が勝手に動き出す。

まずは皮に付いている脂を取り除いた。繊維に沿って開き、均等な大きさに切り分けてトレーに並べていく。フォークを刺して細かい穴を開け、塩をたっぷり振る。

続いて、小さいほうのおろし金でショウガを勢いよくすり下ろし、とんかちで粉々に砕いておいたコショウも振りかけた。仕上げに白葡萄酒を少し垂らしてから、モモ肉をぐいぐい揉み込む。

「な、なんだこれ、鶏肉で何作るんだ……？」

「トリカラ！」

「トリカラ」

夕べ、次から次へと頭に浮かぶ料理法をできる限り紙に書きとめた。

脳裏に響く声は大人の女の人の声で、ノノが必死になればなるほど応えてくれた。

喜んで欲しい。

ノノも応える。

お客さんに。

父さんに。

母さんに――。

そして今、厨房に立つと、まるで最初から知っていたかのように身体が動くのだった。

大きいおろし金でごりごりじゃがいもをするイアージの横で、ドランが真剣な顔をしてスイカに包丁を入れていた。夕べ、一玉を使って練習した彼は、すっかりコツを呑み込んだようだ。その手つきはすでに手慣れたものになっている。

五つほどじゃがいもをすり下ろしたところで、イアージががっくりとうなだれた。

「じゃ、じゃがいもすってるだけなのに、肩が外れそうだ……！」

「頑張ってイアージ。出来上がったら食べてみようね！」

「えっ」

とたんにイアージの目が輝く。「俺のニワトリ！」と叫ぶと、再び勢いよくじゃがいもをすり下ろし始めた。

「ノノ、ティーナちゃん来たよ」

厨房の入り口からマユーラ、そしてティーナが顔を覗かせた。

「うわあ。ノノ、何作ってるのこれ？」

「ティーナちゃん、素敵な布たくさんもってきてくれたよ～。こっちは任せてくれる？」

「うん。マユーラお願い。ティーナも本当にありがとう」

素直に頷いたノノを見て、マユーラが一瞬目を見開いた。けれどすぐに美しい形に唇を笑ませ、ティーナとともに厨房から消えた。

続いてノノは丸パンを手に取った。縦にスライスして薄くしてから、二等辺三角の形に切り抜く。同じ形を八枚切り、頂角部分を突き合わせて並べ、八角形にしてみる。

必死の形相でじゃがいもをするイアージが、ノノの手元を覗き込んだ。

「それ、なんだ」

「ケーキ代わり。この形でフレンチトースト作ってみようと思って」

卵液に包んで焼くので、できあがりは歪であろうが、それっぽくはなる。小麦粉と卵、砂糖を混ぜて焼いただけの菓子より断然いい。

やがて、すべてのじゃがいもをすり下ろしたイアージが声を上げた。

「終わったあ！　全部すったぞノノ。肩が、俺の右肩がぁ」

「ありがとうイアージ！」

「で。どうすんだこれから」

ボウルにすり下ろしてもらったじゃがいもをさらし布に包み、口を縛る。それから水をたっぷり入れたボウルの中で揉んだり揺すったりした。

続いてさらしをしっかり絞り、水気を切って取り出す。赤茶色になっている水をしばらく置いてから上澄みを捨てる。再び水を入れ、また置いておく。この工程を二回。

「うわあ」

程なく、ボウルの底に白い粉が沈殿した。上澄みを慎重に捨て、木杓で白く固まった粉をつつくと、ぽろぽろと砕けた。

「これがカタクリコ？」

「そう。あとはこれを完璧に乾かせばいいの」

「ちっとも美味そうじゃねえけどな……？」

「今日はこのカタクリコに大活躍してもらう予定なの」

抽出した粉を平皿に広げ、庭に用意しておいた台の上に置く。昼間は常に陽が当たっている場所だ。

次に野菜スープに取りかかる。細かく刻んでおいた大量の玉ねぎをバターで炒めた。

横からイアージが鍋を覗き込んだ。

「塩で味付けするんじゃないのか？」

「もちろん入れるよ。でも、まずは玉ねぎをバターで炒めると、甘くてコクが出るから」

焦げ付かないようあめ色になるまで炒めてから水を入れる。じゃがいもやにんじん、キャベツなど野菜を入れて煮込む。塩、コショウ、さらにはすり下ろしたショウガで味を調（ととの）える。

イアージが鼻をひくひくさせた。

「うわ。本当だ。なんか匂いも甘い」

「よし。これで下準備はできた。あとは誕生会が始まる時に調理するから」

「そうなのか」

「うん。全部アツアツの時に食べないと美味しさが半減しちゃう」

時計を見た。午後の二時。ルシスさん一家がいらっしゃるのは三時の予定。誕生会を始めるのは夕方の六時。

「すげえなあ、何ができるんだ」

厨房を見回したイアージがため息を漏らした。むふ、とノノは笑った。

「心のこもった誕生会をしよう。エターノスに住む私たちからの贈り物だよ」


予約通り、ルシスさん一家は三時に宿屋を訪れた。到着後、三人は町中をよく知るイアージに連れられて海を見に行った。気候の穏やかなエターノスでは冬の海も見どころの一つだ。ノノは案内役を買って出てくれたイアージに心から感謝した。

ティーナはマユーラとともに、ノノの部屋でずっと何かを縫っていた。ちらりと覗いた時、糸と針を手にした二人はやけに真剣な顔だった。

「イアージとティーナと、マユーラにもお礼しなくちゃ」

そう言いながら、ノノは干しておいたカタクリコが完璧に乾いていることを確認した。厨房に持ち帰り、塩を少量混ぜる。

「ただいまあ！」

夕方の五時半。太陽の没した海が、残光によってきらきらと赤く染まる時間。

帳場のほうが騒がしくなった。イアージとルシスさん一家が戻ってきたのだ。彼らを出迎えたマユーラが厨房にも顔を出す。

「ルシスさんご一家、戻られたよ」

「うん、分かってる！　マユーラ、夕食まで部屋でゆっくりするよう伝えて。で、六時になったらぜひ食堂にお越しくださいって！」

マユーラが大きく頷いた。黒い目を輝かせる。

「いよいよ誕生会だね」

溶き卵、小麦粉、カタクリコを用意し、じっくり下味を付けたモモ肉をそれぞれ潜らせていく。油を満たした深鍋に乾いた木杓の先を入れたドランが振り返った。

「ノノの言う通り、泡が絶え間なく出ている」

夕べから奇妙な料理を始めた娘の行動を、ドランは一切咎めなかった。求められるままに真っ直ぐな木の枝にやすりをかけ、二本の細い棒状の料理道具を作ってくれた時も、珍しげに眺めていた。

「これは……なんだ」

「ハシ。私にはこれが使いやすいみたい」

実際、父の作ってくれたハシは驚くほど手に馴染んだ。器用に二本の棒を使いこなす娘の手元を、ドランがじっと見つめる。

「面白いな」

普段は無口なドランの声音にも好奇心があふれていた。

モモ肉を並べたトレーを手に、二人で鍋の前に立った。

「いくよ。父さん」

「ああ」

丁寧に下ごしらえしたモモ肉を油の中に入れる。

じゅう、と音を立て、肉が激しく沸き出る気泡に包まれた。「おお」、ドランが目を見張る。

「これが……アゲル？」

「そう。揚げているの。焼くんじゃなく」

知らなかったはずのことが、ぽろぽろと口から出てくる。今の自分は、半分は自分じゃない。ノノは興味深く鍋を覗き込むドランを振り返った。

「じゃあ父さん、この間にフレンチトーストをお願い」

「あ、ああ。分かった」

すでに作り方を心得ているドランの手つきは慣れたものだ。二十分ほど前から卵液に浸しておいた三角形のパンを、バターを溶かしたフライパンで焼き始める。

次々投入したモモ肉が、鍋の中で茶色く色付いていく。浮かんできた肉をひっくり返し、かまどの薪を数本抜いて火を弱めた時だ。

厨房にマユーラが顔を見せた。

「ルシスさんたち、いらしたよ」

はっとドランと顔を見合わせた。父が大きく頷く。

「お出ししよう。ノノの料理を」

「……喜んでもらえるかな」

ここにきて、急に不安が込み上げてきた。

勢いで突っ走ってきたけれど。本当に合っているのか。喜んでもらえるのか。

青くなった。足が震えてくる。

もしも、失敗したら？

大きい手が肩に置かれた。温かい。ノノは顔を上げた。

自分を見下ろす父が、静かに言った。

「みんなで心を込めた。大丈夫だ。きっと喜んでもらえる」

父の温かさがじわじわと満ちていく。不安や、恐れが溶けて消えていく。頼れる。安心できる。甘えられる。

そのことが、とてつもなく嬉しくなった。なぜか滲んでくる涙を払い、ノノは言った。

「よし。きれいに盛り付けよう。料理は見た目も肝心だもんね！」

用意しておいた大皿に、フレンチトーストと鳥からをそれぞれ盛り付けていく。それらを手に食堂に入ると、一家のテーブルにはちゃっかりイアージまで座っていた。どうやらすっかり仲良くなったようだ。

ノノとドランがテーブルに置いた大皿に、全員の目が釘付けになった。

「何これ……！」

「すごい、見たことない」

「美味しそう！」

レタスを敷いた大皿には、揚げた鳥からが山と積まれている。添えたトマトの赤い色が、油でつやつや光る鳥からをさらに引き立てていた。

フレンチトーストはドランの手腕でほぼ正確な八角形だった。卵の黄色い色が鮮やかだ。

「すごい、すごい」

今日の主役、ルシス家のモカが目を輝かせた。

「いいの？　これ、全部食べていいの？」

「もちろん。『アルカス』からのお祝いです。お誕生日おめでとう、モカちゃん」

「どうぞ、熱いうちに」

　テーブルに座る四人がそれぞれフォークで鳥からを刺した。見慣れない衣の形状にうろたえているのが分かる。口に運ぶ。噛み締めたとたん、「熱っ」とイアージが叫んだ。

「でも何？　この歯ざわり。見た目はこんなごわごわなのに、サクッとしてる」

「中の肉、柔らかい……！」

「噛めば噛むほど旨味が口の中に広がる！」

「ノ、ノノ、これ、本当に俺んちのニワトリか？」

　驚いたイアージがかじりかけの鳥からをしげしげと見つめる。きらきら光る鳥からの断面からは肉汁がじんわり滲み出ていた。

「そうだよ。サッスおじさんの育てた鶏だよ」

「す、すげえ……こんな美味しくなるなんて。甘い味もあって……俺のニワトリじゃないみたい……」

「何を言ってるんだイアージ君。『サッス養鶏所』の育てる鶏は世界一だって言っていたじゃないか。確かに美味しいよ。これはすごいよ」

　ルシス氏が頬張りながら笑顔を見せる。モカも頷いた。

「イアージお兄ちゃんのお父さん、すごい！　こんな美味しい鶏を育てているのね」

父を誉められたイアージの頬が上気する。そんな彼を、ノノも誇らしく見つめた。

続いてフレンチトーストを口にした一同は、またもほお、と表情を蕩かせた。

「甘い……」

「信じられない。これは私たちの町でも売られている丸パンですよね？　なぜこんなに柔らかく美味しくできるの？」

ルシス氏の妻がほっぺたを押さえた。

「バターや砂糖の風味もしつこくなくて……こんな食べ方、考えたこともなかったわ」

「美味しい、美味しい！」

続いて、深い器によそった野菜スープを運ぶ。一口口にしたルシス氏が「これは」と息をついた。

「これは温まる。バターの風味が鼻から抜けて。それになんだか……不思議な味わいがありますね。食べたことがない」

「ショウガです」

「ショウ、ガ？」

「はい。遠い海の向こうの食材だそうです」

モカが首を傾げた。

「なんでお姉ちゃんは知ってるの？」

「ああ……えっと……」

頭の中に聞こえる声に教えられて。

とも言えず、ノノは「本で読んで」とごまかした。

それから厨房に取って返し、次の料理を作り始めた。カタクリコを作った時に残ったペースト状のじゃがいもに塩とコショウで味を付け、丸い形にしてバターで焼く。

皿に盛り付けられたそれらを、一同が不思議そうに見た。

「これはオヤキです」

「オヤキ？」

「はい。ペースト状のじゃがいもを焼いたんです」

口に運んだイアージが「おっ」と叫んだ。

「なんだこれ。中がもっちりしてる」

「本当だ。表面はカリッとしているのに」

「うわあ、この歯ざわり、くせになるぅ」

イアージがひょいひょいと口の中に放り込んでいく。ちょっと！　君、本当はもてなすほうでしょ？

すると、ティーナも食堂に顔を出した。ルシス一家に招かれ、恥じらいながらも席に着く。鳥からを一口食べるや、仰天したように叫んだ。

「何これ、美味しい！」

普段はおっとりとしているティーナが、珍しく興奮していた。

「では。最後のデザートです」

ノノの声に合わせ、厨房からドランが平皿を持って出てきた。乗っているのは一玉のスイカ。あら、とルシス氏の妻が声を上げた。

「まだ切っていないの？」

ドランがスイカをテーブルに置く。「あ」、モカが目を輝かせた。

「これ、上のほう切ってあるよ。ほらぎざぎざに」

「あれ、本当だ。ふたみたいになってるの？」

「どうぞ。開けてみて」

ノノに促されたモカが、おぼつかない手つきでスイカの上部を取った。

「うわあ！」

全員がいっせいに声を上げる。

スイカの中は丸くくり抜かれ、深い壺のようになっていた。その中に四角い形に切り分けられたスイカの実が詰め込んである。

「え、これ、スイカの種……？　じゃない！」

種に見えたのはブルーベリーだ。さらには水と砂糖で作ったシロップ、このために少量分けておいたカタクリコと砂糖で作った即席餅も入っている。

鍋に入れたカタクリコと砂糖を混ぜ合わせて熱し、固まるまで火を通してから、粗熱を取る。それから氷を詰めた保冷箱で、つい先ほどまで冷やしておいたものだ。スプーンで丸くこそぎ、スイカとブルーベリーの実の間に浮かべてある。

モカがはしゃいだ声を上げた。

「すごい、すごい、こんなスイカ初めて！」

「スイカの実をまるごと器にしたということ……？　考えたこともなかった」

小皿にそれぞれ取り分けたスイカのデザートを全員が口にする。「美味しい、甘い」「この透明の、ぷるぷるしてる」口々に言いながら、やがて一同はすべての食事を終えた。

「ああ……なんて素敵な食事だったろう」

ルシス氏が深々と息をついた。ノノを見る。

「本当にありがとうございました。まさかこんな素敵なお祝いをしていただけるなんて」

「そうね」

頷いた妻の目はかすかに潤んでいた。

「本音を言えば、豪華なステーキ肉を食べさせる『ガラリヤ』に泊まれないことを、妻にも娘にも申し訳なく思っていたのですが……とんでもない。なんて美味しい心のこもった食事だったことか」

「私、『アルカス』のほうがいい！　すっごい美味しかった！　楽しかった！」

ルシス一家が顔を見合わせ、微笑み合う。ノノの胸が、ぐっと熱く高鳴る。

よかった。

喜んでもらえた――！

「でも、これだけじゃないんです。ね、ティーナちゃん」

食堂の隅で一同を見守っていたマユーラが声を上げた。ティーナがかすかに頬を赤らめ、もじもじと手に持っていたものを取り出した。

「あの。これを」

真っ白い箱にきれいなピンク色のリボンがかかっている。これも店から持ってきてくれたのだろうか。

「私たちからの、贈り物です」

リボンをほどいたモカが、そっと箱を開けた。中を見て声を詰まらせる。次々、覗き込んだ両親やイアージも目を見張った。最後に中を見たノノも息を呑む。

「……わあ……」

中には七色のバラが収められていた。が、よくよく見ると、花弁の一つ一つが色とりどりの布なのだ。一枚一枚、引き絞るようにして形作られている。

「すごい……」

透け感のある赤だったり、光沢のある緑だったり。素材はまるで違うが、バランスよく配色され、本物そっくりの大小複数の花びらが重ねられた七色のバラは、本当に呼吸しているみたいだった。

こわごわとした手つきで、モカが箱の中からバラを取り出した。小さい金具が付いており、ブローチにできる。早速母親に付けてもらった少女の胸に、鮮やかな花が咲く。

マユーラが静かに言った。

「すべてエターノス一の洋服屋、『ボワン洋服店』の布なんですよ。縫ったのもボワン家のティーナ嬢」

「え、だけど、この花のアイデアは全部マユーラで」

そう言いかけたティーナを、今にも泣き出しそうな顔でモカが振り返った。

「私、こんな素敵な贈り物初めて……！　本当に嬉しい。ありがとう。ありがとう」

ルシス氏が立ち上がり、ドランに握手を求めた。ドランもしっかりと彼の手を握り返す。

「本当に、ここはなんと素晴らしい宿なのでしょう。一生の思い出になります。エターノスの宿屋『アルカス』。私たちは今夜、ここで受けたもてなしを生涯忘れない」

熱のこもった言葉に、ドランの表情もかすかに上気した。

「こちらこそ。ありがとうございます……！」

ルシス氏の妻とも握手を交わしたドランが、ノノを見た。ぎゅっと抱き寄せる。

「ありがとうノノ。この素晴らしいひと時は、すべてお前のおかげだ。お前のアイデアと、勇気のおかげだ」

「父さん……！」

父の温もりに包まれるノノの脳裏に、女の人の姿が浮かび上がった。はっとノノは目を見開いた。この人。あの声の人？

女の人は自分よりずっと年上に見えた。寂しげだ。けれど、父の温もりがじわじわと伝わるうち、彼女の寂しげな顔にもほのかな笑みが浮かぶようになった。

女の人が小さく頷く。

そうよ。

もてなしたい。そして喜びたい――。

そうだね。ノノはそっとささやいた。私、今ならなんでもできる。

父さん、母さん、そしてここにいるみんなとなら。

私、なんでもできる。

◇負けるものか　逆境の鶏ガラスープ！

次の日から、『アルカス』の料理は大評判になった。イアージとティーナだけではない、エターノスに滞在中のルシス一家もことあるごとに町中に触れ回ってくれたおかげだ。

今まで食べたことのない美味しい料理。これらを食べようと、まだ開業できていない食堂に続々と町の住人、観光客たちが押し寄せた。

しかし、当然のことながら人手が足らない。仕方なく、ドランは食堂の夕食時、外からの客をまずは十組迎え入れることにした。けれどそれもすぐに埋まってしまう状況で、『アルカス』の宿前には夕方から大勢の人が詰めかけるようになった。

イアージは、学校帰りに大量のじゃがいもをすり下ろす作業を手伝ってくれた。帳場など宿の業務はマユーラに任せっぱなしになってしまい、ノノはやはり手伝ってくれるティーナとともに厨房と食堂を駆け回る毎日だった。

ルシス家の誕生会から半月。ノノの作る料理の評判は広がる一方だった。一口食べた人は、誰もが未知の美味しさに仰天し、さらにはほかの誰かに教えたくなるためだ。

「とにかく一度行ってみて。噛むほどに味が深くなる、食べたことのない料理よ」

「牛肉こそが最高の贅沢だと思っていたが……そういうわけじゃないんだな」

「口の中でいろいろな味がする」

お客さんの列は途切れることなく続き、『アルカス』は今までにないにぎわいを見せた。

とはいえ受け入れるほうにはさすがに限度がある。とうとうマユーラが音を上げた。

「お泊りのお客さんも増えて対応できないよ。掃除も洗濯も行き届かないし」

噂を聞きつけ、『アルカス』に宿替えする観光客も出てきた。中には『ガラリヤ』からの客までいる。

「長期滞在のお客さんも多いからね。いくら豪華でも、毎日毎日厚いステーキ肉じゃ飽きるだろうし」

そう言うマユーラの顔は疲れていた。いつになく髪が乱れ、美しい顔立ちにも陰りがある。

夕食の準備に取りかかる束の間の休憩時間、ノノとマユーラ、ティーナの三人は厨房でお茶を飲んでいた。

「掃除も中途半端になるし。汚いのは良くないと思うんだ。ガッカリさせちゃう」

「……そうなんだよね」

客室は十室。母が倒れる前であれば、たまに満室になってもどうにかやっていけたのだが、こう連日食堂が忙しく、さらには満室状態が続くと手が回らない。

「姉さんたち、呼ぼうか」

すると、横で話を聞いていたティーナが言葉を挟んだ。

「え？」

「ほら、『ガラリヤ』の中に洋服店ができてから、うちのお店そんなに忙しくないから」

「え、でも……」

ティーナは三人姉妹の末っ子だ。姉二人の分まで報酬を支払う余裕は『アルカス』にはない。ただでさえ、ティーナにもほとんどタダ働きさせている。まかないの料理を出してはいるが、対価としては十分ではない。

「イアージの場合はさ、鶏肉や卵をいっぱい仕入れさせてもらってるから。お互い商売として成り立ってるからまだいいんだけど」

今やじゃがいも要員としてもこき使っているが。

あまりの材料で作ったフレンチトーストを一口頬張り、ティーナが続けた。

「平気だよ。姉さんたち、時間を持て余しているみたい」

「うーん……でもなあ……」

ふと、脳裏にひるがえるものがあった。ん？　ノノはびくりと飛び上がり、自分の頭に浮かんだ映像を捉えようとぐっと息を詰めた。

そんなノノの様子を見たマユーラが「お。また何かひらめいた？」とつぶやいた。

頭に浮かんだのは、以前も見た木の造りの建物だ。今のノノには、木材の放つ香りまで感じ取れるようだった。

心が落ち着くいい匂い。だけど、どことなく寂しい――。

大きい布を巻いたような恰好の女性たちがたくさん行き交っている。衣服の淡いピンク色が木の造りの建物と馴染んでいた。彼女たちは荷物を持ったり、笑顔で何か案内したり。

宿。ノノは直感した。

ここ、宿だ。『アルカス』と同じ。

じゃあ、あの不思議な形の布の服は。

制服？

「そうだ！」

ひらめいた。「来た！」マユーラとティーナが声を上げる。

「制服を作ればいいんだ」

「え？」

奥の住居スペースに飛び込み、自室から帳面を取ってきた。唖然とする二人の前でまたも絵を描き始める。

「やっぱり。スイカの時もこうだったよね」

頭に浮かぶ服の形を、どうにかこうにか描きとめようとする。大きい布を前で合わせて。太いリボンみたいなもので胴を巻いて。

「あれ」

ノノの拙い絵を見つめていたマユーラが首を傾げた。

「不思議だな。僕、この衣服と似たものを見たことがあるよ」

「えっ？」

「一時、曲芸団にこういう格好をした男がいたんだよ。確か東の国の出身だったような」

「東の国？」

「うん。僕と同じ黒い目、黒い髪で。まったく顔立ちは違うんだけど。なんでノノが知っているんだろうね」

自分の手元を見下ろした。見たこともない形の衣服。東の国――。

衣服を着た女の人が脳裏に浮かぶ。あの人だ。頭の中の人。

とたん、きゅっと胸が痛んだ。はっと息を呑む。あの女の人の顔を思い出すと、私まで寂しくなる。

前世。

もしかして、あの女の人は私の前世の姿……？

「ノノ？」

気遣わしげなマユーラの声が耳元で響く。ノノは顔を上げて彼を見た。

「大丈夫？」

「……マユーラ。この制服、作って」

マユーラが目を見開いた。

「ティーナのお店の布を使って。もちろん布代は払う」

「え？」

「みんなで同じ服を着るの。どこにいても、お客さんと見間違えない。何より、『アルカス』の服だって覚えてもらえる」

「……」

「お願い。マユーラ」

真剣なノノの表情をマユーラが見下ろした。疲れていたはずの顔に、かすかに力がみなぎる。黒い目が輝き出した。

「曲芸団でもそうだったよ。不思議と、そろいの衣装を着ると連帯感が出るんだ。どんなに嫌なヤツでもね、舞台用の恰好と化粧をまとうと、仲良くなれる気がした」

「マユーラ」

「でもまあ、僕は置いていかれちゃったけど」

そう言って寂しげに笑うマユーラを見て、ノノはふと気付いた。

あの女の人が寂しそうなのは、独りになっちゃったから……？

マユーラが頷いた。

「分かった。やらせてもらうよ」

「ホントっ？」

飛び上がった。勢いよくマユーラに抱きつく。

「ありがとう、ありがとうマユーラ！」

「だけど、デザインは僕に任せて。ノノのスケッチをもとにするけど、製図から起こしたいんだ」

「もちろん！」

「ティーナちゃん。明日、早速『ボワン洋服店』に行っていいかな？　布を見たい」

「う、うん」

「嬉しい。マユーラ、ありがとう。私、楽しみにしてる」

「それは違うよ。お礼を言うのは僕のほう。ありがとうノノ」

顔を離し、マユーラの目を見つめた。

「え？」

「また誰かのために衣装が作れるなんて……嬉しいよ」

そう言って目を細めたマユーラの表情は、この上なく穏やかだった。ティーナを振り返ると、彼女も小さく頷いた。

寂しい気持ちが消えていく。代わりにワクワクしてきた。足元から、興奮が湧き上がってきて踊り出しそう。

『アルカス』の制服。


翌日から、マユーラは制服作りに取りかかった。ドランたち全員の背格好を採寸して製図を書き起こす。『ボワン洋服店』にも足繁く通い、生地を一から選んでいた。

彼が不在になった帳場には、ティーナの二人の姉モーラとスーラが交代で入ってくれた。

「マユーラが姉さんたちの制服も作ってくれるって。だから二人とも喜んじゃって」

ティーナ同様、二人の姉も働き者だった。

「憎き『ガラリヤ』のせいで、うちの店は暇になっちゃったから。働けて嬉しいわ！」

そう言って宿中を飛び回り、掃除と洗濯まで担ってくれる二人に、ノノとドランは感謝しきりだった。おかげで調理に専念できる。食堂の客足は引きも切らず、ノノはますます張り切って料理を作った。

そんなある晩のことだった。先着十組の最後の客が食堂に入ってきた。

一人で訪れた男性は、周囲の客に比べて高価なものを身に着けており、見るからに垢抜けていた。待たされたのが気に入らないのか、不機嫌な顔つきだ。

「私が誰だか知っているかね」

注文された赤葡萄酒（あかぶどうしゅ）を運んだノノに、男がこう訊いてきた。ノノは素直に答えた。

「申し訳ありません。知らないです」

「だろうね。でなければ、こんな食堂でこの私が並ばされて待たされるはずがない」

「順番なので」

すると、男は目を吊り上げて怒鳴った。

「私は『ガラリヤ』に泊まっている客だよ？　こんなちっぽけな宿、評判の料理とやらがどれほどのものかと思って来たに過ぎない。それをほかの一般客と並んで待たせると？」

怒号に周囲の客が振り返った。厨房からドランが飛び出してくる。

「お客さん。申し訳ありません、うちの従業員が何か」

「あんたが主人か？　まさかあんたまで私を知らないと？」

ドランがじっと男の顔を見る。周囲の客が「誰？」「分かるわけないよ」とひそひそとささやき合った。ノノの腹の底がさあっと冷えていく。

どうしよう。ここで父さんが知らないなんて言ったら、ますます怒る。

「『マルニー製塩』のマルニー社長ですね」

ところが、ドランがはっきりとした声で答えた。ノノは驚いた。ほお、と男が目を見開く。

「知っていたか」

「もちろんです。新聞や町の広報でお名前とお顔は拝見しております」

製塩。塩を作っている人。

ドランが深々と頭を下げた。

「『マルニー製塩』さんにはいつもお世話になっております。従業員が大変失礼をいたしました。しっかりと教育をいたします」

ノノもあわてて頭を下げた。……いけない。自分の至らなさに唇を噛み締める。

父はこまめに新聞や広報に目を通し、町の情勢を見極め、載っている人たちの職業や顔を覚えている。今までの自分は、そんな面倒なことをしようなどと考えたこともなかった。けれど『アルカス』の名を背負うなら、それではいけないのだ。自分の無知はそのまま『アルカス』の無知になってしまう。

少し機嫌を直したマルニー社長が、ふん、とうなった。

「まあいい。じゃあ評判の料理とやらをいただこうか。鶏肉料理だってね。さすがに飽きてきたが、『ガラリヤ』の牛ステーキは確かに美味いよ。それ以上のものを期待していいんだろうね？」

「あのっ」

思わずノノは口を開いた。ドランがかすかに眉をひそめる。

「ん？　なんだね」

「あの、いつも、美味しい塩を作ってくださってありがとうございます！」

再び、ぺこりと頭を下げた。意表を衝かれた社長が「え？」と声を上げる。

「私たち、毎日食材を美味しく料理して届けようと頑張っています。けど、私たちだけではどうにもなりません。最後の最後、料理を美味しくしてくれるのは、社長が作ってくださっている塩です」

「……」

「だから、本当にありがとうございます。お客さんたちに喜んでもらえるのも、みんな社長が力を貸してくださっているからです！　今夜はご来店ありがとうございます。『アルカス』の料理、ぜひ食べていってください！」

目を見開いたマルニー社長が、「ああ」と気が抜けたように頷いた。ノノは厨房に飛び込み、社長の分の鳥からを揚げた。美味しくなれ。そう念じながら。じゅうう、という油の音が、いつも以上に小気味(こきみ)いい。

ところが、皿に盛り付けた鳥からを見た社長は唖然とした。

「……石？」

鳥からを見たほとんどの人が口にする言葉。油で揚げた衣が鉱物を連想させるのだ。

「本当に食べ物かね、これは」

「はい。お召し上がりください」

ドランが力強く頷いた。しぶしぶ、というふうに社長が鳥からをナイフで切り分け、フォークで口に運ぶ。

「まったく、こんな得体の知れないもの」

言いかけた言葉は、鳥からを口に入れたとたん消えた。社長の口元がはっと震える。しばらくかじりかけの鳥からを見つめると、次から次へと口に放り込み始めた。

「こ、これは……」

「いかがですか」

「なんて美味しさだ。肉の風味が食べたことのないたくさんの不思議な味わいと絡んで……その味わいを塩がしっかりと引き立てている！」

皿の上にこんもりと盛られていた鳥からが、あっという間になくなっていく。怒濤の勢いで食べ尽くした社長は、注文した葡萄酒を飲み干すと、しばし陶然と宙を見上げていた。

そんな彼の様子を、ノノはほかのお客さんの給仕をしながらこっそり見守っていた。やがて、振り返ったマルニー社長が柔らかい声で話しかけてきた。

「先ほどはすまなかったね」

「え、いえっ」

「忘れていたよ。自分が何を作っていたのか。初めて塩を作った時に味わった感激を……今、この料理を食べて思い出した」

そう言うと、力なく笑った。

「塩を金に換算することが身についてしまったんだね。最初の頃の純粋な喜びを忘れていた。私にだって、美味しく作ってくれる人、食べてくれる人がいなければならないのに」

「……」

「この料理が思い出させてくれた。礼を言うよ。エターノスには『ガラリヤ』だけではない、こんな素敵な宿もあるんだね。『アルカス』。覚えたよ」

喜んでもらえた。足が震えてくる。勢いよく頭を下げた。

「ありがとうございました！」

「ノノ～、こっちはオヤキ追加して！」

ほかのテーブルに呼ばれた。あわてて顔を上げ、「はい、ただいま！」と答える。

食堂を見渡すと、みんなが笑っていた。嬉しい。厨房に飛び込んだ。

「父さん、社長さんに喜んでもらえたよ」

かまどに向かう父が静かに頷く。

ノノは逞しいその背中を改めて見つめた。

大きくて、頼れる。強い。温かい。

私の大切な父さん。

三日後の休息日。朝食の後片付けと出発客のお見送りをしたノノは、岬の突端に立って思い切り伸びをした。今日は学校もない。

母が倒れてからというもの、ゆっくり海を眺めることが少なくなっていた。ここから見渡せる海、山、そしてエターノスの町並み。これらの眺めがノノは大好きだった。

「いーい天気！　……あれ」

そっと胸を押さえた。また寂しい気持ちがあふれる。気付くと、青い空を見上げ、鳥の姿を探していた。鳥？　なぜ。

「……ねえ。あなたは、私なの？　どうして寂しそうなの？」

声は答えない。それでも、しばらく耳を傾けたノノは、そっとつぶやいた。

「独りじゃないよ」

「ノノー！」

背後で声が上がった。見ると、マユーラが一抱えの包みを持って立っている。

「制服の仮縫いができた！　だから試着して」

「えっ！　ホント！」

飛び上がり、彼と一緒に自分の部屋に入った。ベッドの上に広げられた制服を見て、ノノは目を見張った。

「わあ！」

制服は上衣と下衣に分かれていた。上衣部分はノノがスケッチした衣服と似ている。

「ノノが描いたものは、着慣れないと足元が邪魔になると思うんだ。だから上下を分けてみた。それにこのデザインなら男女兼用にできる。色は男女で変えたけどね」

「素敵……」

ももの中ほどまである上衣の身頃は、落ち着いた薄黄色地の裾に濃い橙色（だいだいいろ）の花模様が大きく染め抜かれていた。縫い付けられた襟と袖、合わせの前で結ぶリボン、くるぶし丈（たけ）の下衣も同じ鮮やかな橙色だ。

異国情緒あふれる形といい、華やかさといい、人目を引く。

「すごい。すごい……！　マユーラありがとう……！」

「まずは上衣を羽織って、下のズボンを履いてみて。着替えたら呼んで」

そう言ってマユーラが部屋から出ていった。ノノは半そでシャツの上におそるおそる上衣を羽織り、下衣のズボンを履いた。戻ってきたマユーラがリボンを結び、着方を調整していく。

「どうかな？」

部屋の隅にある姿見の前に立たされる。「わあ」と声を上げたきり、ノノは何も言えなくなってしまった。

鏡には見たことのない形の服を着る自分の姿が映っていた。けれど、奇妙にしっくりくる。なぜか安心感を覚えていることに気付いた。

「袖や裾は引き絞る形にできるから。特に火を扱う時は注意しないといけないからね」

「すごい……本当にすごい……」

「で、女の子の場合、仕上げはこれ」

そう言うと、またマユーラはノノの結い上げている髪をほどいた。きゅ、と髪を一つにまとめて結ぶと、ねじって頭頂部にくるくるととぐろを巻かせ、黒ピンで固定する。その髪の渦（うず）に斜めから何かを挿した。

「えっ！」

ノノは目を見開いた。

頭の上で小さく可愛い鞠（まり）が揺れているのが見える。木製の棒状のものの先端に金具で付けてあるのだ。

「何これ！」

「カンザシ。例の東の国の人が、舞台でたまに髪に挿してたんだ。だけど本来は女性が付けるものなんだって」

鞠は複数の端切れを縫い合わせたものだった。七色のバラのごとく、様々な色合いが揺れるたびに見え隠れしている。

「可愛い……！」

「気に入った？」

「うん！　もう、すごーく、すっごく気に入った！　ありがとうマユーラ。ティーナやお姉さんたちも喜ぶよ！」

あ、と隣の部屋を振り返った。あわてて部屋から出る。

「母さん！　見て見て、マユーラが」

ノックをするのももどかしく、両親の部屋の扉を開けた。立てた枕に身を沈めている母のミーシャは目を閉じていた。その姿を見たとたん、びく、とノノは足をすくませた。

肌の色が透き通ってしまいそう。

ミーシャがゆっくりと目を開いた。飛び込んできたノノを見て、「まあ」と口元をほころばせる。

「なんて可愛い……よく見せて」

走って抱きつきたい。そう思うのに、できない。ノノはそろそろと母のベッドに近付き、端に腰を下ろした。しげしげと娘の格好とカンザシを見つめたミーシャが、ノノの頬をそっと撫でる。

「色が素敵だわ。それにデザインが大胆ね。これは見る人が驚くし、わくわくする。マユーラには後でたくさんお礼を言わなくちゃね」

彼女の白い指がカンザシの鞠を揺らす。なぜかノノは泣きたくなって、無理に笑顔を作った。

「このデザイン、私が最初に考えたんだよ！　……あー……考えたっていうか、浮かんだっていうか」

「浮かんだ？」

「あのね母さん。私、この前から」

頭を打った時から。

ヘンな声が聞こえるの。そしてヘンな風景が見えるの。

「……私。生まれる前は悪い子だったのかもしれない」

「ノノ？」

「女の人が頭の中にいるの。たくさん助けてくれる。フレンチトーストも、鳥からも全部教えてくれた。だけど、その人はなんだか寂しそうで、そしたら私まで寂しくなるの」

ミーシャが不思議そうな顔をした。

不安があふれて、止まらなくなる。

「この前、占い師のおばあさんに言われたの。前世で、私、悪い子だったたって。あの女の人、きっと生まれる前の私なんだよ。きっと悪い人だったんだ、だから寂しくなるんだ」

「ノノ」

「だから母さんの病気、私のせいかもしれない！」

抱き寄せられた。温かさが全身に沁み渡る。

それきり、ミーシャは無言だった。沈黙が二人の間に降り積もる。けれどそれはよそよそしいものではなく、深くなればなるほど二人を温めてくれる、そんな沈黙だった。

昂った気持ちが凪いでいく。ノノは母の胸に抱かれたままそっと目を閉じた。

「じゃあ、その人と一緒に幸せになりましょう」

ミーシャの声が全身に響く。「え?」、ノノは顔を上げた。

「ノノの中にいるのなら、その人もあなたよ。私の娘よ。大切な。だから一緒に幸せになりましょう」

「母さん……」

「こんにちは。聞こえる?」

ミーシャがノノのこめかみに口をつけ、ささやいた。くすぐったさに身をよじる。

「こちらはエターノスの『アルカス』。私はミーシャ。ノノの母親よ。だからあなたも私の娘ね。初めまして、こんにちは」

「く、くすぐったいよ母さんっ」

「私たちを助けてくれてありがとう。——愛しているわ」

「——」

顔を離した。ノノの目を、ミーシャがじっと見つめる。

「お前を心から愛してる。ノノ」

「……母さん」

「それを忘れないでね」

再び、ミーシャの胸に顔を埋めた。幼い頃に戻ったよう。母の両腕が、ノノをしっかりと抱きしめてくれる。

頭の中の、女の人と一緒に。

突然、扉が激しく叩かれた。はっと二人は顔を上げる。

「ノノ、ちょっといい？」

扉を開けたのはマユーラだった。そのただならぬ表情に、ノノの心臓が跳ね上がる。

「今、サッスさんが来ているんだけど」

「え？」

それだけ告げると、マユーラはすぐに廊下を走っていってしまった。

サッスさん。モモ肉の配達だろうか。いつもはイアージが担っている。配達にきてそのままじゃがいもをすり下ろしてくれるのが、ここひと月ほどのパターンだった。

それがなぜ、今日は父親のサッスおじさんが？

不安が足元から突き上げてくる。ノノもベッドから降り、部屋を飛び出した。

宿前にはいつもの荷車に木箱を積んだサッス、イアージもいた。ドランとマユーラもいる。玄関から飛び出してきたノノの恰好を見て、彼らは一瞬驚いた顔をした。

「すまない。ドラン」

が、すぐにドランに向き直ったサッスが、深々と頭を下げた。イアージは唇を噛み締め、こちらを見ようとしない。ノノは呆然と立ちすくんだ。

「いや」

やがて、ドランが低くうめいた。小さく首を振る。

「あんたが悪いんじゃない。すべての元凶はザムイだ」

「鳥からで評判を取ったのが気に食わなくて……？　だからこんな、モモ肉を卸させないなんて卑怯な真似を？」

マユーラの言葉に、「えっ！」とノノは叫んだ。イアージの顔が真っ赤に染まる。

頭を下げたままのサッスがうなった。

「ザムイのヤロウ……『アルカス』に鶏肉を卸すなとねじ込んできやがった。言うことを聞かなければ、うちの鶏肉と卵を金輪際エターノスで卸させないと」

「そんな」

足から力が抜けそうになる。モモ肉を卸してもらえない。

鳥からが作れない？

「代わりに、これを卸せと……」

言いながら、サッスが荷車に乗せた木箱を開けた。急いで中を覗き込んだノノは息を呑んだ。

「こんな……」

「バカにして！　こんなの、どうしろって言うんだ！」

憤慨したマユーラが叫んだ。ノノもがっくりと肩を落とす。

中に詰め込んであったのは肉を全部削いだ後の骨だった。鶏ガラだ。

「すまねえ。本当にすまねえ、ドラン……！」

涙声になったサッスがまた頭を下げる。イアージは赤い顔をうつむかせたまま、無言だ。

ドランもマユーラも、そしてノノも何も言えなかった。

肩を落としたサッス親子が、荷車を引いて坂を下りていく。イアージはとうとう一度も目を合わせてくれなかった。親子を見送る三人も、いつまでも無言だった。

ぴう、と風が吹いた。いつもなら潮の匂いが混じった風が心地いい。けれど、今のノノには何も感じられずにいた。

「鶏肉じゃなくても、できるだろう」

ドランの声が上がった。はっとノノは父を見た。

「カタクリコを付けて、揚げる。あれは肉だけでなく魚にも応用できるはず。今すぐには無理だが……落胆することはない」

「……うん」

その通りだ。けれど、頷いたノノの目からは、ぽろぽろと涙がこぼれ落ちた。

鳥からを出すために、みんなで協力してきたこと。たくさんの笑顔。思い出。それらを全部壊されたようで、悲しくてたまらなかった。

泣き出したノノを、父が力強く抱き寄せた。彼の厚い胸に顔を押し付け、ノノはしばらくむせび泣いた。……悔しい。

悔しい！

鶏ガラスープ

「！」

目を見開いた。頭の中であの声が響く。

長ネギと生姜
じっくり煮込めば

「ナガネギ……」

大丈夫
できる

「できる」

マユーラを振り返った。彼の憂いを含んだ黒い瞳が揺らぐ。

「マユーラ、ライラおばあちゃんの店に行って、買って来て欲しいものがあるの」

「野菜？」

「ナガネギ！」

突然の言葉に、マユーラは「ナガネギ？」と首を傾げた。

「大至急。あるだけ買ってきて」

ドランを見る。

「絶対負けない。父さん、こんなことで『アルカス』は絶対に負けない！　また新しい美味しい料理を作ろう！」

娘の言葉に、ドランがかすかに頬を震わせた。やがて、力強く頷く。

「そうだな。やろう」

「うん。やろう。ザムイのやつを驚かせてやろう！」

マユーラも鼻息荒く頷いた。

負けない。

二人の顔を交互に見たノノは、ぐっとこぶしを握りしめた。

エターノスの『アルカス』は絶対に負けない！

籠いっぱいのナガネギを背負ったマユーラの帰宅を待って、ノノはスープの下ごしらえを始めた。

教えて。私の中の女の人。とん、と胸を叩く。

とたん、身体に力がみなぎった。迷っていた手足が輪郭を持つ。できる。ノノは目を見開き、大量の鶏ガラに向き直った。

まずは鶏ガラを水で洗って、汚れや内臓を落とした。湯引きして再度汚れを落としてから、さらに水洗い。

　下処理を終えた鶏ガラを、一番深くて大きい鍋に入れた。かぶるくらいまで水を注ぐ。ナガネギの青い部分を四本分、薄く切ったショウガも一緒に入れ、まずは強火にかける。

　ほどなく、出てきたアクをおたまで丁寧に掬い取った。しつこいくらいアクを取り続け、それほど出なくなったところで火を弱める。

「ここからどのくらい煮込む？」

「弱火で……最低三時間は煮込まないと。ここからは沸騰させちゃダメなの。風味が壊れるから。だからじっくり煮込んで、こまめにアクを取る」

「分かった」

　真剣な顔でドランが頷く。

　昼過ぎ、やってきたボワン家の三姉妹は、モモ肉をザムイに取り上げられたと聞いて憤慨した。

「キーッ！　ザムイめ……！　なんて性悪(しょうわる)なの、『ガラリヤ』なんかつぶれちゃえ！」

　が、その表情は、仮縫いが終わったノノの制服を見て輝きに変わった。

「製図から見てたけど……こんな感じになったのね。素敵」

「つくづく、見たことない形よね。これは目立つわよ」

「『ボワン洋服店』の生地じゃないみたい」

鳥からが用意できないと知ると、宿替えを希望して来た客は全員帰ってしまった。予約客にも説明したところ、すでに二件キャンセルされた。久しぶりに、十室のうち八室が空室という事態に陥った。

が、もうノノに迷いはない。また美味しいものを作れば、お客さんは来てくれる。

それはマユーラも同じだった。彼も空いた時間をすべて制服作りのために注ぐという。

「一日でも早くみんなの分を作る。いっせいにお披露目しないと意味がないからね」

掃除と洗濯を終えたモーラ&スーラ、そしてティーナとともに真剣に針を動かすマユーラは、初めて会った時より数段逞しく見えた。もう置いていかれたとしょぼくれていた青年ではない。

午後三時、四時間近く煮込んだ鍋を火から下ろした。陶器ボウルにざるを重ね、鍋の中身をこす。

ほのかな金色のスープを、ドランがしげしげと見下ろした。

「これが鶏ガラスープ……」

「うん。ここに塩とコショウで味を付けていくの」

「しかし……鶏ガラとあの野菜を煮ただけで美味しくなるのか？」

さすがのドランも半信半疑のようだった。大丈夫。頭の中に響いた声を、ノノは繰り返した。

「大丈夫」

「おやおや。いい匂いがしておりますな」

声が上がった。ぎょっと二人は振り返る。

厨房の入り口に老人が立っていた。やけに小柄で、着ているものはどれも擦り切れ、靴もぼろぼろだ。それでいて抱えた黒い革カバンは不自然なほど大きい。

「すみません、勝手に入ってしまって。帳場で声をかけたのですがね。どなたもいらっしゃらなかったので」

今日はそれほど客が来ないであろうと、マユーラたちは制服作りにかかりっきりだ。ノノはあわてて頭を下げた。

「いえ、こちらこそ大変失礼しました、すみません！」

老人はほとんど目を覆っている長い八の字眉毛をさらに下げると、ほっほっほと笑った。

「この通り身体が小さいもんですから、見つけてもらえないのかと思いましたよ。ところで、今夜はこちらの宿に泊まれますかな」

「あ、もちろんです。ですが、鳥からはしばらくお出しできなくて」

「トリカラ？　ああ～こちらで最近評判のお料理ですね。いえいえ、そのように脂っぽいものはこの年寄りにはきついですから、お気遣いなく」

「それでしたら」

「実は『ガラリヤ』に泊まろうと思ったのですが、なぜか帳場で追い返されてしまいまして。ほっほっほ。参りましたねえ」

のんびり笑う老人を、ノノはつい見つめてしまった。

服はぼろぼろ、髪も髭もぼさぼさ。不潔ではないが、決して裕福という感じではない。『ガラリヤ』は飛び込みの客を服装で判断するというから、拒否されたのはこの恰好のせいであろう。

だが、屈託のない老人の笑顔にノノは好感を持った。

「ぜひお泊りになってください！」

「ところで」

老人の顔が一瞬引き締まった。とたん、どきりとするほど知性的な輝きが目に宿った。

「先ほどから……大変いい匂いがしておりますね。これはもしや、ショウガですか」

「えっ！　わ、分かりますか」

「おお、やはり。それにこのへんでは採れない野菜も入っていますね」

ナガネギのこと？　ノノは老人の嗅覚の鋭さに驚いた。

「食べさせていただいてもよろしいか」

「あ、は、はい！　しばらくお待ちください」

つい頷いてしまった。すぐに出来上がったスープを掬って小鍋に移す。

弱火にかけたスープに刻んでおいたキャベツと細切りにしたにんじんを入れる。塩とコショウを振り、味を調えた。キャベツがしんなりするくらいまで煮立てると、スープ皿に盛り付けた。

老人は食堂の席にちょこんと座っていた。彼の前にスープをお出しする。

「どうぞ。鶏ガラの野菜スープです」

「おお……」

出されたスープをまじまじと見つめる。手に取ったスプーンで掬うと、一口口にした。

「……」

無言。キュッとノノの腹の底が緊張する。美味しくない？

が、やがて老人はゆっくり顔を上げると、また眉毛を下げて笑った。

「いやいや。驚きました」

「えっ」

「お嬢さんはどうやら、その若さで食の大切さをご存知のようだ」

「……」

「素材をじっくり煮込むことで、味わいと滋養を丁寧に引き出している。だから塩だの砂糖だの、過剰な味付けがいらない」

あ、とノノは息を呑んだ。

じっくり煮込めば
大丈夫

「鶏の旨味が十分スープに溶け出していますね。ショウガと、ナガネギかな。これらの風合いがスープの隅々にまで行き渡っていて、さらに鶏の旨味を深くしている。いや、美味しい」

「あ、ありがとうございます」

「ショウガは身体を温めるんですよ。殺菌効果も高い」

「えっ」

「ナガネギも同じです。殺菌効果が高く、身体の調子を整えてくれる」

「……」

「見た目は確かに豪華ではありませんが。これは非常に栄養価の高い素晴らしい料理ですよ。こんな料理を出してくれる宿屋は初めてです。いや美味しい。ありがとう」

そう言うと、老人はスープを黙々と食べ始めた。感極まったノノはぺこりと頭を下げ、厨房に飛び込んだ。

「父さん、あのね」

声を呑んだ。ドランが立ち尽くし、じっと鍋を見つめている。手には味見用の小皿を持っていた。

「なんてこった。美味い」

「父さん」

「これは、俺が今まで作ってきたものとまるで違う……それほど味を付けていないというのに、身体の奥の奥まで深い味わいが届く。鶏はこんな、優しい味だったのか？」

いつになく饒舌だ。金色に輝くスープを見つめていた父が、ゆっくりと頷く。

「これはいける」

「父さん」

「食べた人にまた喜んでもらえる。ありがとう。ノノ」

振り返った父の顔は上気していた。ノノも大きく頷く。

絶対に負けない。そんな強張りはじょじょに溶け、今のノノは熱い気持ちで確信していた。

新しい『アルカス』の始まり。

◇炊きたてご飯と梅干し　東の国の食材たち

終業の鐘が鳴る。教科書をカバンに詰め込んだノノは、教室の隅の席に座るイアージをそっと見た。

一昨日、ミホローと名乗る小柄な老人を部屋に案内した後、マユーラ、ボワン家三姉妹にも鶏ガラスープを試食してもらった。全員が一口食べると同時に、控えめながらも染み入るような味わいに目を丸くした。

「な、何これ……こんな美味しいスープ初めて食べた……！」

「優しい味。いくら食べてもお腹がいやな感じにならない」

「身体がじんわり温かくなって、作り替えられていく気がするわ。不思議」

さらにはその晩、宿泊のお客さんや鳥から以外のメニューを目当てにやって来たお客さんにも試食してもらったところ、全員が絶賛してくれた。

「これはぜひメニューに加えるべきだ！」

母のミーシャも口にするやいなや、驚きの表情で差し出されたスープに見入った。

「なんてこと……まったく身体に負担がない。それどころか体内を隅々まで温めてくれるみたい……」

　身体を温める。調子を整える。

　ミホローが言っていたことを、ノノはしみじみと実感した。食の大切さ。

　翌日、卵と鶏ガラを荷車に載せてやって来たイアージに、ドランは改めて鶏ガラを毎日仕入れたいと告げた。イアージは驚いたが、無言で頷いた。そしてそのまま、ノノと言葉を交わすことなく帰ってしまった。

　そして今日。イアージとは教室でもまったく口をきいていない。こんなのいやだ。

　先生に挨拶をした級友たちが、教室から次々飛び出していく。解放感に満ちた喧騒の中、ノノはそっとイアージに歩み寄った。

「イアージ、あのね」

「ノノ」

　背後から声をかけられた。振り向くと、取り巻きの女の子たちに囲まれたフレアがいた。ノノも、そしてイアージも身体を強張らせる。

　見事な金髪の縦ロールが、ハイウエスト仕様のきらきら光る緑色のドレスに映えている。貨物船で仕入れた異国の布をお抱えの職人に仕立てさせた服だろうか。ノノを見て、きゅっと目を細める。

「あなたのお父さんも本当にしぶといわね」

「……は？」

声が喉に引っかかる。鳥からの恨みは忘れない。

「何、それ」

「パパに歯向かったって、勝てるわけがないでしょう。だったら、さっさと言うことを聞けばいいのに」

意味が分からない。眉をひそめると、あら、とフレアが唇の端を上げた。

「いやだ。聞いてないの？　だとしたら、あなたの両親はあなたを子供扱いしているってことね。私はパパからなんでも聞かされているわ。この町のこと。『ガラリヤ』のこと。あなたの宿屋『アルカス』のこと」

「……どういうこと」

「だから。うちのパパが、あなたのお父さんに——」

がた、と大きな音が鳴った。同時にぐいと腕を強く引っ張られる。

「え！」

イアージだった。ノノの腕を掴み、そのままずんずんと教室から出ていく。「ちょっと！」というフレアの声がすぐに遠くなる。

「い、痛、痛いよイアージ！」

しかし、校舎を出て港に通じる大通りに出るまで、イアージは無言だった。店舗や露店が並ぶにぎやかな通りに出てやっと、彼は歩調をゆるめた。

そのまま、二人は黙って歩いた。さっきのフレアの言葉はどういうこと。イアージに訊ねたかったが、とうとう言い出せなかった。彼をますます苦しめる気がしたのだ。

露天商たちの熱気、行き交う人々のうきうきした足取りが潮の匂いと混じる。そんなエターノスのいつもの光景が、今日は別の世界のように感じられた。

「じゃあな」

土産物屋が立ち並ぶ一角に差し掛かった時、イアージがぽつりとつぶやいた。路地の一つを右手に折れたところに、『サッス養鶏所』は建っている。「イアージ！」思わずノノは叫んでいた。

「あの、あのねっ、うちに来て。新メニュー作ったの！」

彼の足が止まる。けれど、振り向くことなく頭を振った。

「俺は食えない」

「鶏だよ、サッスおじさんが育ててくれた鶏を使ったメニュー！」

ニワトリという言葉に、イアージが振り返った。

「……あんな骨で何ができる」

「ものっすごい美味しい料理ができたの。もう昨日から出してるよ。大好評なの。だからおじさんと来て。お願い」

イアージの目が揺らいだのが分かった。ノノは必死に言い募る。

「待ってるから。今夜、必ず来て。イアージとおじさんの席、空けて待ってるから！」

だっときびすを返し、イアージが路地を駆けて行ってしまう。「待ってる！」ノノはなおも彼の背中に呼びかけた。

「待ってる……私、待ってるからね！　イアージ！」


『アルカス』に戻ると、目をキラキラさせたマユーラが帳場に飛び出してきた。

「お帰りノノ！」

いつになく元気がいい。ここ数日は制服を完成させようと、夜を徹して布地と格闘していたというのに。

「見て見て、ほらぁ！」

曲芸団の司会者よろしく、大仰な身振りで食堂のほうを示す。

モーラとスーラが出てきた。ノノは「あ！」と叫んだ。

「制服！」

例の上下に分かれた橙色と薄黄色の制服。彼女に続いて、同じ形の服を着たドランも出てきた。ノノは目を見張る。

「素敵！　こっちもいい！」

男性用の色合いは濃紫と灰色、身頃に染め抜かれた花の色は白だった。同じ形だというのに、色が違うだけでぐっと落ち着いた印象になる。

また、男女の制服それぞれの色味に合わせたエプロンもあった。赤みがかった紫色と淡い青色。胸当てがなく、腰に巻くだけという形も新鮮だった。

「すごい！　できたんだ、すごい！」

未知の形の制服はやはり目を引いた。まとうだけで、一体感、特別感が出る。

加えて、身頃にあしらわれた花の染め抜きは大胆かつおしゃれだ。それでいて嫌味がない。

「男の人が着ると、この色が逞しさを強調してくれるんだよね。で、女の人は頭にカンザシを挿したり、ちょっとリボンに手を加えるだけで、ぐっと華やかになる」

マユーラの言う通り、モーラとスーラの頭には鞠の付いたカンザシが挿してある。前で結ぶリボンにも、鮮やかな別布で作った小さい花飾りが付いていた。

「曲芸団にいた東の国の人は、履物も独特だったんだけどね。さすがにそれは作れなかったから」

確かに履物はいつもの布靴だ。とはいえ、十分素敵だ。ノノは飛び上がった。

「ありがとうマユーラ！　早速今日から着よう。お披露目だよ！」

喜ぶノノを見たマユーラが、くしゃりと笑んだ。

「よかった。ノノに喜んでもらうのが、今の僕には一番のご褒美だよ。お姫様」

「え、ええ？　お姫様？　マユーラってばヘンなの」

大げさな言葉がくすぐったい。けれど、彼は微笑みながらも、真剣な声音で言った。

「本当だよ。君はその行動力と勇気でみんなを奮い立たせてくれる。時々、不思議なことを言い出すお姫様だけれどね」

顔が熱くなった。でも、それは私だけじゃない。とん、とノノは自分の胸を叩いた。

聞いてる？　私の中の女の人。私たち、誉めてもらえたよ——。

「おやおやこれはこれは。ほっほっほ」

声が上がった。一昨日からお泊りのミホローだ。帳場に集まる面々を見ると、ふさふさした眉毛を下げた。

「珍しい恰好をしておりますな。これは……ほうほう、作務衣（さむえ）に似ておりますな」

「サムエ？」

「はいはい。東のほうの国々では広く馴染んでいる形の衣服ですね。こうして上下に分かれたものは、おもに作業着として使われておりますよ」

「東……」

つぶやいたノノを、ミホローがにこにこと笑いながら見た。

「お嬢さんは東の国にゆかりがあるのかな？　こちらの国々ではあまり食べられていないショウガもナガネギもご存知だった。しかも年若い。不思議ですねぇ」

そう言うと玄関にゆっくりと向かった。

「お出かけですか？」

「はいはい。周辺を散歩しようと思いまして。いやいやこの宿屋は本当に見晴らしがいいですね。気持ちがいい。そうそう、今夜も鶏ガラスープを楽しみにしていますよ」

「はい！　行ってらっしゃいませ！」

元気よく頭を下げた。小さい後ろ姿が、ゆっくり、ゆっくりと坂を下っていく。その背中を見送りながら、ノノはひそかに首を傾げた。

とても穏やかでいい方だけれど。何をしている人なのだろう？

「じゃあノノ、着替えて着替えて」

マユーラが弾んだ声で呼びかける。はっと振り返った。

「今行く！」

制服。サムエ。ノノは弾んだ足取りで部屋に向かった。

夜、『アルカス』や食堂を訪れた人たちは、従業員の着ているサムエを見て目を見張った。

「何この恰好、素敵！」

特に女性には大人気で、カンザシや花飾り、花模様にしげしげと見入る人も多かった。

同じサムエ姿のマユーラも女性たちの視線を集めていた。異国情緒あふれる黒髪と黒い瞳に、この形はぴったりだ。しかも、いつもより男性っぽく見えるのも不思議だった。

食堂のほうは、一昨日の夜から出している鶏ガラスープが、またもじわじわと評判を集めていた。優しい美味しさに食べた誰もが感動し、エターノスの町中に少しずつではあるが噂が広まっている。事実、鳥からを出せなくなって減った客足が戻ってきていた。

ちら、とノノは食堂の隅の席を見た。二人掛けの小さい席。イアージとサッスのための席だ。父に話をしたところ、予約席として空けておくことを了承してくれたのだ。

来てくれるかな。厨房と食堂を忙しく行き来しながら、ノノは考えた。あの二人に食べて欲しい。鶏ガラスープ。

「いらっしゃいませ……あ」

やっと客足が落ち着いてきた頃、訪れた一組の客を見たティーナが声を呑んだ。サッス、そしてその後ろに立つイアージだ。「あ！」、ノノはあわてて二人の前に立った。

「い、い、いらっしゃいませ！」

サッスは気恥ずかしそうに微笑んだ。ノノとティーナの恰好を見て「あれ、可愛いな」

とつぶやく。続いて厨房から顔を出したドランも同じ格好をしているのを見て、苦笑いした。ドランが小さく頷く。

「いらっしゃい」

イアージは黙りこくったままだった。そんな二人を席に通し、飲み物を運んでから、早速鶏ガラスープをお出しした。キャベツやにんじんが控え目に浮かぶほのかな金色のスープを、二人はじっと見下ろした。

「……味、あるのか?」

誰もが最初はそう言う。大きい具が入っておらず、色もほとんど付いていない分、とても美味しそうには見えないのだ。

ノノは力強く頷いた。

「もちろん。美味しいです。召し上がってください」

二人がそろそろとスプーンでスープを掬い、口に運ぶ。そのとたん、サッスが大きく目を見開いた。

「えっ」

それきり、言葉を失う。まじまじと手元のスープを見つめてから、二口、三口と続けてスープを口に運ぶ。

イアージも同じだった。最初は強張っていた表情が、スープを口にするたびにどんどん和らいでいく。その勢いは食べるほどに加速し、気付くと、あっという間に彼の皿は空っぽになっていた。

厨房からドランが出てきた。彼を見上げたサッスの目が赤く潤んでいる。

「驚いた。これは本当に俺の家の鶏か……？」

「当然だ。どうだ。美味しいだろう」

サッスが小さく頷いた。

「ああ。優しくて。深くて。腹の中までじんわりと沁み渡る。ビックリしたよ。鳥からを作った時も本当に驚いたが、まさかあの骨だけで、こんな」

はあ、と息をつく。しみじみと首を振ると、サッスは続けた。

「ずっと悔しくてならなかった。どんなに俺が頑張っていい鶏を育てても、エターノスでは二番手扱い。ザムイの牛肉には絶対に敵わねえと言われ続けてきた」

「……」

「それがどうだ。こんな美味い。厚さや種類なんか関係ない。俺の鶏は、こんな、沁み渡るように美味い」

「その通りだ。あんたの鶏はエターノス一……世界一だ。牛肉にも劣らない」

鼻をすすったイアージが目元を乱暴にぬぐった。サッスが頭を下げる。

「すまねえ。ドラン。それなのに俺は……」

「言うな。この通り、鶏ガラだけでも立派な料理になる。それをノノが教えてくれた」

「ノノが？」

「そうだ。だから、これからも鶏ガラを卸してくれ。あんたんとこの鶏ガラがなければ、このスープは作れない」

サッスが立ち上がった。ドランの手をしっかりと握る。

「ドラン。これ以上、ザムイのヤロウが何か言ってきたら……ミーシャのこととか」

ミーシャ。母さん？　ノノは思わず聞き耳を立てた。

「力になる。いいか。絶対に一人で抱え込むな。いいな？」

真剣な声音。ノノの胸に不安が広がった。

そういえば、フレアも父とザムイの間に何かあるようなことを言っていた。

それは一体、何？

けれどそれきり、新しいお客さんが来店されて話は聞こえなかった。サッス親子の帰り際、ばたばたと走り回るノノにイアージが声をかけてきた。

「ありがとな。……美味かった」

視線は泳ぎ、仏頂面（ぶっちょうづら）。しきりと頬を引っ掻いている。それでもノノは嬉しくなった。

「サッスおじさんとイアージのおかげだよ。……また忙しくなったら手伝ってね」

「お？　お、おう。いつでも来る。忙しい時は言えよ。俺……手伝うから」

「キャー、二人とも恥ずかしがっちゃってぇ、もう照れ屋さんだなあ、甘酸っぱいっ」

呑気な声が上がった。ぎょっとイアージが振り返る。マユーラだ。

「な、なんだよお前、俺は、は、は、恥ずかしがってなんか」

「ニワトリ君、手伝うなら僕にも教えてね。君にもこのサムエ着てもらうから」

「え、俺もこれを？」

「当然。『アルカス』の従業員は全員に着てもらうの。ちゃんと予備も作ってあるから」

目を白黒させるイアージに構わず、マユーラが身を乗り出した。

「ねえねえノノ。考えたんだけど、このサムエをお客さん用に何枚か作って、『アルカス』限定にしてみたら？」

「え？」

「この宿屋に泊まった時だけ着られるの。どう？」

「なるほど。それってて――」

浴衣（ゆかた）

「おおうっ？」

声を上げた。「ん？　またキタ？」、マユーラが目を見開く。

宿限定
色とりどりの

「ユカタ……」

脳裏に、あの大きな布の衣服をまとった女の人の姿が浮かぶ。けれどその衣服は最初に見たものより軽そうで、色合いも華やかだ。

確かに、簡単に着られて、しかも色彩豊かだったら喜ばれるかもしれない。

マユーラが喜々として続けた。

「サムエは機能性を重視したから上下に分けたけど。部屋着として着てもらうなら、曲芸団の人が着ていたような、大きい一枚布の衣服もいいかもね」

「い、い、いいかも……あ？　あ、あーっ！」

次から次へとアイデアが湧き出る。ノノはじたばたと足を踏み鳴らした。

「そうだ、そうだ、いいこと思いついた！」

「え、何？　今度は何」

「このサムエの型紙。『ボワン洋服店』にもあげればいいんじゃない？　で、『アルカス』にお泊りになったお客さん限定で、サムエを作って持って帰ってもらう！」

「なるほど！　それいいアイデア。『ボワン洋服店』にもお客さんが増えるし」

二人の会話を聞いていたイアージがぽつりと言った。

「つまり、エターノスの観光土産にもなるってことだよな」

イアージを二人同時に振り返った。その勢いにぎょっとして彼が後ずさる。

「それだ！」

「ホントだ、すごい！」

「こんなアイデア、ほかにはないもん。エターノス独自の土産物になる」

「これってすごいことだよね。お客さんも喜ぶし、町の人もみんな喜ぶ。やった！」

興奮のあまりノノは飛び跳ねた。つられたイアージとマユーラも嬉しそうに笑う。

三人の声が夜空に跳ね返った。星明りが少し明るくなったように見えた。


一週間後。

新メニューの鶏ガラスープは好評だった。鳥からの時ほどの勢いはないものの、夜の食堂は満席になることも多くなった。

一方、特に女性たちの間で、サムエやカンザシの評判がじわじわと広まりつつあった。

ノノの狙い通り、『ボワン洋服店』にはこれらを作って欲しいと訪れる客も出てきていた。

サムエは何種類かサイズ展開した基本の型紙で、ほとんどのお客さんに対応できる衣服だ。そこで『ボワン洋服店』では、マユーラが作った型紙を改良し、「アルカス客限定品」としてサムエを作り始めていた。

「パパとママ、大張り切り。久々に店に活気が出て嬉しいみたい」

そう報告するティーナも嬉しそうだ。しかし、そろそろモーラとスーラも『アルカス』の手伝いが難しくなるかもしれないという。

「カンザシの反響が思ったより大きくて。お客さんだけでなく、町の人たちからも作って欲しいって言われてるって。パパとママだけでは手が回らなくなってきてる」

マユーラがむーんと顔をしかめた。

「ユカタも作る予定だからね。ますます忙しくなる」

ノノとマユーラの計画では、ユカタも『アルカス』限定で宿泊客に提供するつもりだった。それを着て宿屋内で過ごしてもらったり、エターノスを歩いてもらう。

上下に分かれるタイプのサムエではなく、一枚布のユカタはさらに異国情緒たっぷりで着こなしが優美だ。そしてやはり男女兼用にもなる。

ユカタ地、腰に巻く布も何種類か用意して、好きな色柄を選んでもらう予定だ。ゆくゆくはこの型紙も『ボワン洋服店』に提供して、同じく土産物として作ってもらう。

むふふ、とノノは笑った。

「忙しくなるねえ」

「ノノ。行くぞ」

帳場にドランが出てきた。彼もノノと同じく籠を背負っている。

「あ。そうか、今日は定期貨物船が来る日だ」

気付いたティーナが港のほうを見た。船の汽笛が、宿屋の中にまで聞こえてきそうだ。

「でも結局、ザムイのやつらにいいものは全部取られちゃうもんね」

「そう。腹立つ。どうにかならないかなぁ……あ、待って父さん！」

先に立って歩き出したドランを追いかけ、ノノも宿屋を飛び出した。振り返り、マユーラとティーナに手を振る。

「留守番よろしくね！」

そしてすでに坂を下っているドランを追いかけた。いつもは大きく頑丈な彼の背中が、心持ち元気がないように見える。ノノはためらいながらも、背後から彼の手を取った。温かい父の手が強く握り返してくれる。

港に向かう大通りに出た。いつものように人々が盛んに父に声をかけてくる。しかし、誰もがいつもより不安げな顔だった。

「鉄道の話、どうやら本格的になってきた。今度視察団が来るらしいぞ」

「しかし……本当に鉄道なんか通るか？　あの山は地盤がゆるいのに。大雨が降るたびに、山のどこかしらが崩れるんだぞ」

「ますますザムイ一家の独裁状態になるんじゃないのか。何しろ、ヤツは町長を取り込んでいるからな。今や、町長はヤツの言いなりだ」

ドランは声をかけられるたびに律儀に立ち止まり、相槌を打っていた。エターノスの未来。ノノはそっと周囲を見回した。

今までは、自分たち家族、友人たち、『アルカス』のことしか考えずにいた。けれど、ここで生活を営んでいる限り、みんなで町全体のことを考えなければならないのだ。すべてが密接に関わり合っている。

毎日が楽しかったり、嬉しかったりするためには、知恵を出し合わねばならない。支え合わなければならない。

「ノノ。ノ～ノ」

名前を呼ばれた。ライラおばあちゃんだ。しわしわの顔をほころばせ、ノノを手招く。

「まぁた新しいメニュー考えたんだって？　あのひょろ長い野菜、買ってくれるようになったからね、今日も仕入れておいたよ」

彼女の言葉通り、店先にはナガネギがどんと積み上がっていた。以前は後ろに追いやられていたというのに。

「ありがとうおばあちゃん。また帰りに買って帰るね」

「ああよかったよ。あ、そうそう。聞いたかい？　『ガラリヤ』でね、鳥からを真似た料理を出したらしいよ」

「えっ！」

「だけど笑っちまう。てーんで美味しくないんだって。中が生だったり、外側のサクサクしている部分がべちょっとしてたり。なんだかよく分からないかたまりだったって、食べたお客さん言ってたよ」

『アルカス』からモモ肉を取り上げただけにとどまらず、メニューまで奪ったのか。なんて卑怯な。ノノは唇を噛み締めた。

ぽん、とライラがノノの肩に手を置いた。

「負けるんじゃないよ。いいかい。エターノスの人間は『アルカス』の味方だよ」

「おばあちゃん」

「エターノスはザムイ一家のものじゃない。みんなのものだ。いいね、ノノ」

うん、と力強く頷いた。

町の人たちと話を終えたドランがノノを呼んだ。ノノもライラに手を振り、父とともに港へと向かった。

遠くに見えていた貨物船が近付く。海から吹く潮の匂いに乗り、ノノは走り出した。

護岸からいつもの小舟に乗り込む。すると、前方に貨物船から引き上げてくる一艘の舟が見えた。

「やあやあドラン！」

ひと際大きい体躯の男が舟の上で手を振っている。ザムイ。ノノはさっと身構えた。

今、買い付けを終えたのか。それにしては遅くないか。ライラおばあちゃんはすでに今日の分を買い付けたと言っていた。

舟同士がすれ違う瞬間、ドランを見たザムイがにんまり笑った。

「いい一日を！」

どういう意味だ。ドランもかすかに眉をひそめたが、すぐに「そちらこそ」と答えた。

いやな予感にそわそわしてきた。船の横手に着けてもらい、縄梯子を急いで上る。

ところが。

貨物船に乗り込んだノノとドランは呆然とした。

いつもならたくさん行き交っているはずの行商人や客の姿がまったくない。広い甲板に、貨物を入れた箱だけはそこここにあるものの人気がない。たまに姿を見せる船員たちは、気まずそうに目をそらせて二人から離れていく。

「これは……」

どういうこと。ノノの足が震え出した。

「ザムイか」

父の言葉に、ノノはぎょっと顔を上げた。

硬い顔つきでドランが首を振る。

「行商人たちに金を握らせて、『アルカス』には何も売らないよう言い含めたんだろう」

「そんな」

がくがくと震える足をなだめ、甲板を見回した。

小麦は？　野菜は？　果物は？

町の店で買うのは、あくまで足りなかった時のみだ。宿屋用は仕入れ数がまるで違う。一括で買わなければ用意できないものも多い。

このままでは宿屋の経営に確実に支障をきたす。『アルカス』を本気でつぶすつもりか。

ザムイ……！　悔しさに全身が火照ってくる。込み上げる涙を必死に払い、ノノは甲板を見回した。

「あ」

誰もいないと思っていた。けれど隅に追いやられた場所に、たった一人、男が立っている。黒い髪、黒い瞳。

ショウガとコショウを売っていた行商人だ。

「……」

ふら、と彼のほうへ歩み寄った。黒髪の行商人は、ノノの行動を予測していたかのように笑顔を見せると、両手を広げた。

「お待ちしておりましたよ」

「……」

「ザムイの旦那がね、あたしの荷物だけはあなた方に売っていいとさ。だから待っていました。この港では、まだビタ一文も稼いでいないんですからね」

そう言って傍らにある木箱を開ける。中を覗いたノノは目を見開いた。

まるで知らない食材が並んでいる。

瓶詰めの黒い水。木の樽に入った茶色い泥状のもの。細長い木にしか見えない濃茶の塊。小さい黒い粒。壺に詰め込まれた赤紫色のぶよぶよした実。木箱に入った黒い紙。そして。

「――」

大きい麻袋にぎっしりと詰め込まれた白い粒。

行商人が横から口を挟んだ。

「これはですね」

米

「コメ」

つぶやいたノノを、ほお、と行商人が見た。

「やっぱり。この前も生姜や胡椒をご存知でしたもんね。じゃあもしかして……ほかの食材のことも知ってる？」

醤油(しょうゆ)　味噌(みそ)　鰹節(かつおぶし)　胡麻(ごま)　梅干し　海苔(のり)

「ショウユ、ミソ、カツオブシ、ゴマ、ウメボシ、ノリ！」

「こりゃ驚いた！」

黒髪の男が目を剥いた。その驚きの表情は本物だった。

「お嬢ちゃんあなた一体何者ですか。東の国の食材にこんな詳しいなんて」

東の国。

へへへ、と男が笑った。

「いや、実はね。先ほどはあんなことを言いましたが、ザムイの旦那からは金をもらっているんですよ」

男の顔を見た。新月間近の三日月(みかづき)みたいな目が、さらにきゅっと細められる。

「それほどあの旦那、お嬢ちゃんたちに嫌がらせをしたいのかと……まあ、金をもらっておいてなんですけど。なーんか気分が悪い」

「……」

「これって、つまりはお嬢ちゃんたちがこの食材を使いこなせない、無駄に捨てるしかないと思ってるってことでしょう？　まあ、あたしら東の人間に対する侮辱でさぁね」

黒い瞳に力が入る。顔立ちはまったく違うけれど、マユーラと同じ色。

この人のことは信じられる。ただそれだけで、ノノは確信してしまう。

「だからお嬢ちゃん。あたしら東の国の食材を使って、あの意地の悪い旦那の鼻をガツンと明かしてやってくださいよ」

「……うん」

「今日もショウガやコショウ、ありますよ。買いますか？」

「うん。買う」

「ほかには？　二十日後、またあたしはこの定期貨物船でエターノス港に来ます。ほかに欲しいものはありませんか」

「ほかに――」

頭の中の女の人が、一つの食材らしき言葉をささやいた。ノノがその言葉を口にすると、黒髪の男はぱっと目を見開いた。

「確かに！　それは基本中の基本の食材ですね。分かりました。二十日後、必ず仕入れてお持ちします」

大きく頷いた。この箱の中、傍らに立つ父を振り返る。

「父さん。この箱の中、全部買って」

「ノノ」

「任せて。必ず美味しい料理を作る。言ったでしょ？『アルカス』は負けないって」

きっぱりと言い放つ娘を見たドランが、まぶしげに目を細める。が、すぐに頷くと、つぶやいた。

「ああ。このままやられっぱなしではいられない」

買い込んできた食材を見たマユーラとティーナは、そろってぽかんと口を開けた。

「な、何これ……見たことがない……」

どう扱うのか、想像もできない食材の数々。麻袋に詰め込まれたコメを見て、ティーナが顔をしかめる。

「こんなにたくさん。これ、食べ物よね？　小麦とも違う……こんなのどうするの？」

彼女の不安ももっともだ。しかし、ノノは突き動かされるように厨房を飛び回っていた。

手足に、あの人の力がみなぎっていることを感じる。

頭の中の女の人。

まずは、小さめだが深さのある鍋を用意した。続いて二カップ分のコメをボウルで洗う。

しばらく漬けておき、水を切ってから鍋に入れる。その中に同じ二カップ分と少し多めの
水を入れ、コメを平らにしてかまどの火にかけた。鉄製のふたでしっかりと鍋を覆う。

「これでさっきの白い粒が食べられるものになるのか？」

ドランも不思議そうに首を傾げた。

研ぐ　炊く

「トグ。タク」

「トグタク？」

「うん。ヤク、アゲルみたいに……この料理は、コメをトグ、タク」

しゅん、しゅんと音を立て、鍋が沸騰し始める。ふたからコメを炊く汁が滲み出てくる

のを見計らい、薪を抜いて火を弱めた。

「あれ。なんだか……甘い匂いが」

ティーナが小さい鼻をくんくんとうごめかした。

火を弱めて十分ほど。ふつふつと泡を吹きながら、ふたを押し上げていた沸騰の勢いが治まってくる。やがて静かになったところで鍋をかまどから下ろした。そのままさらに十分ほど放置して、炊き上がったコメを蒸らす。

厨房内は初めて炊くコメの甘い匂いが充満していた。ほっこりと身を温めるその匂いに、ほお、とマユーラが息をつく。

「ホッとする匂いだね。淡いのに、じんわり沁みる」

しばらく蒸らしてから、鍋のふたを布巾で掴んで開けた。真っ白い湯気が上がる。「うわ！」その場にいた四人がいっせいに声を上げた。

「美味しそう！」

硬かった白い粒が、鍋の中でふっくらとした丸みを帯びていた。一粒一粒がぴんと立つように輝いている。鼻腔をくすぐる湯気は、お腹の中までじんと温め甘い匂いをはらんでいた。

「すごい、何これ……！」

ご飯（はん）

「ゴハン」

木杓で切るようにゴハンを混ぜ、深さのある皿によそっていく。それからトレーに乗せ、全員で食堂の席に座った。

それぞれがフォークやスプーンを持ち、配られたゴハンをじっと見た。ノノも、勢いでやってみたはいいが、このゴハンがどんな味なのかまるで分からない。

「た、食べてみよう……？」

居並ぶドラン、マユーラ、ティーナの顔を見回す。三人は真っ白い粒々に訝しげだ。ノノはスプーンを構え直し、ゴハンを掬って口の中に放り込んだ。

「熱っ……えっ！」

一口噛んで仰天した。口の中にじんわり広がる甘み。旨味。その美味しさが口の中、さらには鼻を抜け、全身に満ちていく。なんの味付けもしていないというのに、噛むほどに甘さを含んだ味わいが奥から滲み出てくる。

「これがゴハン……美味しい……」

一口、二口と頬張（ほおば）るノノを見て、三人もゴハンを口にした。とたんに、全員が目を見開く。

「こ、これ、何？」

「美味しい！　お腹にじんわり落ちていく」

「ただ火にかけて沸騰させただけなのに……なんだこのまろやかな甘みは」

食べれば食べるほどほこほこと身体が温まる。ノノは幸せな気分になってきた。みんなでこうして食卓を囲んで、ゴハンを食べている。その温かさに、不安とか、恐れとかが消えていく気がした。

「おや。まあ！」

驚いた声が上がった。見ると、食堂の入り口にミホローが立っている。

「覚えのある匂いがすると思ったら。こ、これはまさか、コメ？　ゴハンですかな？」

「えっ！　知っているんですか」

ミホローが食堂に入ってくる。ノノはあわてて席を譲った。

ほこほこと湯気を立てるゴハンをまじまじと見つめ、ミホローは言った。

「もしよろしければ、私にも食べさせていただけますか」

「はい、もちろん！」

「まさかこんな、遠く離れた港町で……ゴハンが食べられるなんて……」

そうつぶやく老人の目元が潤んだように見えた。ノノは早速彼の分のゴハンをよそってお出しした。ほお、とミホローがゴハンの匂いを深く吸い込む。

「オハシがあればなおのことといいのですが」

「あ。ハシ……料理用の長いハシなら」

「なんと？　ハシまであるのですか」

厨房に洗って置いてあるハシを手渡した。ミホローがノノの顔にしみじみと見入る。

「まったくこの宿屋は……いいえ、あなたは不思議な方ですね。鶏ガラスープにゴハン、オハシ。こちらでは滅多にお目にかかれないものを次から次へと出してくれる」

そう言うと、長いハシを器用に使い、ゴハンを一口食べた。もぐ、もぐと小さく控えめに咀嚼する。さらに静かに一口、二口食べてから、息をついた。

「ああこれです……なんて懐かしい。昔、留学先で食べていたものと同じです」

留学。学者さんか何かだろうか。

長いふさふさした眉毛を上下させ、ミホローが続けた。

「これでウメボシがあれば完璧なのですが」

「ウメボシ……？」

あ。箱の中の壺を思い出す。果肉がぶよぶよとつぶれた実。あれが確か、ウメボシ。

取り出して見せると、ミホローは今度こそ腰を抜かさんばかりに仰天した。

「な！　な、なんですかこの宿屋は？　海を一飛びに越える魔法でも使えるんですか？」

魔法。子供みたいなことを真面目に言うミホローの姿に、ノノは笑ってしまった。

「いいえ。今日、貨物船で仕入れたんです。よかった、ぜひ召し上がってください」

ただ、どうやって食べるのかが分からない。つんとした匂いに戸惑いながらも、皿にどさどさと盛り付けようとするノノを、ミホローがあわてて制した。

「ああ、そんなにたくさんは食べられませんよ！」

「え。そうなんですか？」

「はい。これは一粒いただければ十分です」

ご飯の上に一粒を乗せ、ハシで果肉をほぐす。くすんだ赤い色合いが目を引いた。白と赤を器用にハシで掬ったミホローが、ぱくりと口に入れる。

とたん、しわしわの口元が、さらにくしゃくしゃとすぼめられた。八の字眉毛がキューッと極限まで下がる。え、その表情、美味しいの？

「うーん、こ、これです、これぞウメボシ。懐かしい！」

「ど、どんな味……？」

同じく興味を持ったマユーラとティーナが、そろって一粒ずつゴハンに乗せた。フォークで不器用に実をつぶし、口に放り込む。

「――――」

その後、ウメボシを食べた二人が悶絶（もんぜつ）し始め、食堂は大騒ぎとなった。

「新しいメニュー」

ゴハンを見つめ、ノノは腕を組んだ。

夕飯の準備が始まっている。鶏ガラスープの仕込みは完璧だ。フレンチトーストやオヤキなど、いつものメニューの準備も万端。

とはいえ、やはり鶏肉を卸してもらえなくなったのは痛い。ドランの言う通り、数日前から港で獲れるイワシを鳥からと同じ要領で揚げている。好評ではあるが、いまいちインパクトがない。

「なんかこう……せっかくだからコメを使ったメニューを」

「魚も使えたらいいな」

隣で大量のイワシをさばいているドランがつぶやいた。

「魚？」

「ああ。今までの俺たちは、せっかくの港町という特色をないがしろにし過ぎていたかもしれない。ザムイの牛肉があまりに目立っていて。ザムイ一家が強いのは、その財力のみならず、観光の目玉を牛耳っているからだ」

「うん。そうだね」

「だから、もっと魚を前面に押し出せば……エターノスの強みをさらに活かした特色を作り出せば、それだけで新しい魅力になるんじゃないか」

ノノは感心した。

父の言う通りだ。新しいエターノスの魅力。『アルカス』の活路にも繋がるに違いない。

「え、じゃあどうしよう。コメと、魚と……うーん」

炊き込みご飯

「タキコミっ？」

ぴょこんと飛び上がった。またも奇妙なことを言い始めた娘を、ドランがちらりと見る。

「〝頭の中の女の人〟か？」

「うん。て、あれ。なんで知ってるの……？」

「母さんに聞いた」

母さんに、ノノは父の顔をおそるおそる覗き込んだ。

「私、ヘンかな……？」

そんなノノを、父は真っ直ぐ見つめ返した。

「確かに、お前は今まで見たことがないような料理を作り始めた。驚いてる。あれは頭の中に自然と浮かぶのか？」

「うん……それに、料理を作ってる時は、ちょっと夢を見てるみたいというか……私なんだけど、半分は私じゃなくて……」

もどかしい。ええい！　ノノは思い切って訊いてみた。

「父さんは、ぜ、前世とか、信じる？」

「だとしたら、その人は料理が得意だったのかもしれないな」

「……」

「俺も母さんと同じだ。お前の中にいるのなら、その人も俺の娘だ」

きゅんと息が上がる。思わず胸に手を当てた。どくどく、と手のひらに伝わる鼓動が、自分のものなのかどうか、分からなくなる。

嬉しい。その想いが全身に満ちる。

鰯（いわし）と梅干し

「イワシと――」

ウメボシ？　眉をひそめた。マユーラとティーナの反応に恐れを成し、ノノはまだあの赤い実を食べていない。

あんなものを混ぜて大丈夫なのか。

でも――。

生姜も入れて
生臭さを消して
食材の相性

「相性」

考えたことがなかった。食べ物と食べ物の相性。

できる

「父さん」

黙々とイワシをさばいていた父が、待ちかねていたかのように振り向く。

「イワシの頭と骨を取って、身をこのくらいの大きさに切って欲しい。うーん……一匹分」

指で一口大の大きさを示す。ドランはよけいなことは何も言わず、ただ頷いた。

父にイワシの身を用意してもらう間、コメを一カップ分研いで水に漬けておく。一粒のウメボシから種を取り出し、ひとかけのショウガを細かく千切りにした。

水を張ったコメの上にイワシ、ウメボシ、ショウガを均等に並べて入れる。鉄のふたをしてかまどの火にかけた。

沸騰するまで約十分、火を弱めてさらに十分。鍋を火から下ろし、しばらく蒸らすために置いておく。

五分ほどしてからふたを開けてみた。炊き上がったゴハンの甘い匂いに、イワシの脂の匂いが混じる。しかし生臭さはなく、むしろゴハンの旨味にさらなる彩りを加える匂いだった。

「……不思議」

一緒に炊いたイワシとウメボシ、ショウガの色合いが混じり合い、白いコメを染めている。ほのかな金色のところどころに、ウメボシから落ちた赤みが染みていた。

木杓でゴハンを混ぜ、二つの深皿によそう。手を止めたドランと食べてみる。

「ん！」

「お、美味しい！」

ゴハンの熱に包まれたイワシの身からは、深い甘さが引き出されていた。ゴハンにもイワシの旨味が染み込んでおり、口の中で二種の甘さが熱く蕩け合う。

さらにはショウガとウメボシのほどよい酸味がじわりと効いている。熱いゴハンの中でそれぞれの旨味が引き立て合い、いくら食べても飽きがこない。

「ウメボシってこういう味なんだ……？」

「まったく食べたことがない酸味だ。確かに、これをマユーラ君のようにそのまま食べたらひっくり返るかもしれない」

「でもゴハンと一緒に食べると、とたんに美味しいものになる……旨味が引き出される」

「イワシも同じだ。まさかこういうふうに滋味を引き出せるとは思わなかった。ゴハンによく合う」

コメ。ゴハン。なんてすごい食材。

「父さん。これ、イワシの新しい食べ方として喜んでもらえるかな」

「おそらく。まったく未知の味だが……美味い。お前が今まで作ってくれた料理は、どれも噛めば噛むほど美味くなる。腹の中が温かくなる。これも同じだ」

「私だけじゃないよ」

ノノは自分の胸を撫でた。

「私だけじゃない……この人も。一緒に『アルカス』を素敵な宿屋にしたいって思ってる。美味しい料理をみんなに食べて欲しいって願ってるの」

父がそっとノノを抱き寄せた。彼の腕の中で、温かさが腹に落ちていく。いつしか、この美味しさ、温もりを感じているのは自分一人ではないと思うようになっていた。

あなたも、一緒。

「夕飯のメニューに加えるかどうか検討しよう。まずは少しずつ量を増やして炊いてみる」

「うん。分かった」

「まずは二カップからだ。イワシとウメボシ、ショウガも少しずつ増やしていく。この料理は分量が肝心だ。具材のどれもに完全に火を通さなければ。その上で、コメにふっくらした感じが出なければ美味しさも半減だ」

「マユーラたちにも試食してもらおう。好評だったらメニューに加えられる！」

二人で顔を見合わせ、大きく頷いた。母が不在の今、自分が父の相棒になっている。そのことが、ノノにはたまらなく嬉しかった。


マユーラとティーナ、モーラとスーラにもタキコミゴハンは好評だった。ウメボシを食べた二人は逃げ腰だったが、ゴハンを口にするや、「美味しい！」とあっという間に平らげてしまった。

「さっきウメボシを食べた時は、口の中で爆竹が弾けたみたいだったけど……」

「ゴハンと絡み合ってまろやかになってる。不思議ね」

「これはイワシ？　あの魚をこんなふうに料理するなんて考えたこともなかったわあ」

口々に誉められ、ノノは自信を得た。ドランと視線を交わし、頷き合う。

タキコミゴハン。新メニューに決定だ。

「もしもぉし」

帳場のほうで声が上がった。あわてて食堂から飛び出すと、ミホローが立っている。散歩から戻ってきたのだ。

「お帰りなさい、ミホローさん！」

「はいはい。先ほど、美味しいゴハンとウメボシをいただいたのでね、ずい分と遠くまで歩けましたよ」

本当に歩くのが好きなのだな。ノノはにこにこ笑う小柄な老人を見た。

「ですがねえ、やはりこの『アルカス』が建つ高台ほど景色のいいところはありませんね。海と山を同時に眺めることができて、エターノスの町も一望できる。岬の突端に立って海を眺めますとね、なんだか心が晴れやかになるようですよ」

岬の突端――。

ちく。

はっと胸を押さえた。

なんだろう。突然、悲しくなった。

ミホローが穏やかに続けた。

「お嬢さん。人の病（やまい）を治すものはなんだと思いますか」

病。ノノは身を強張らせた。

「薬？　名医？　……もちろんそれも助けになります。ですが、病を治すのは、患者自身の生命力なんですよ」

「生命力……」

「はい。食べるもの、見るもの、聞くもの……それらに力があふれていると、患者は自分の力で病を治すようになります。そして『アルカス』にはそれがある」

ノノは目を大きく見開いた。

「この清々しい空気と素晴らしい景色。いつも笑顔のあなたがた。そして美味しい食事。お嬢さん。あなたが作っている食事。あれはとても素晴らしいものです」

「……」

「もちろん肉も力になりますよ。ですが、あなたの作る料理はさらに恵みを循環させる。循環は力を生む」

「循環……」

「私は明日、ここを発たねばなりません」

唐突な言葉に驚いた。

「あ、明日？」

「仕事でして。ほっほっほ。なかなかゆっくりできない。だからお嬢さん、また今度エターノスを訪れた時、さらに美味しい料理ができていることを期待していますよ」

行ってしまう。ひどく寂しくなる。ノノは一歩踏み出た。

「あ、あのっ、何か召し上がりたいものはありませんか」

「ほう？」

「次にミホローさんがいらっしゃるまでに……私、新しい料理を考えます！　だから」

ミホローの眉がふさふさと上下する。小柄な身体を揺らして笑った。

「ほっほっほ、それは嬉しい。そうですねえ、では……もう少し身体に負担のない朝食があるといいですねえ」

「朝食？」

「はぁい。フレンチトーストも、もちろん美味しいですよ。ですが、私のような年寄りや、身体の弱い人間にはちとツラい。もう少し、優しい味わいの朝食があると嬉しいですねえ」

味噌汁（みそしる）

「ミソシル」

つぶやいたノノを、は、とミホローが見た。

「ミソシル。ご存知ですか？」

貨物船で買い付けた荷物の中に、確かミソというものが入っていた。

卵を焼いて
青菜の胡麻和え
野菜の煮付け
海苔を付けて

頷いたノノを見て、ミホローが心底嬉しそうに笑った。

「ほっほっほ。ではお嬢さん。次回来る時には、ぜひミソシルを食べさせてくださいな」

「はい！　ぜひまたいらしてください！」

「本当にここは面白い宿屋ですね。こんな宿屋、初めてですよ」

そうつぶやいた老人が、じっとノノを見つめた。灰色がかった青い目は、やはり知性的な輝きに満ちていた。その目の強さにノノは見入ってしまう。

「お嬢さん。『アルカス』を守りなさい」

「……」

「ここは素晴らしい宿屋です。私はまた、『アルカス』を訪れることを楽しみにしていますからね」

とたんに、海から渡る風が吹き抜けた。潮風は坂を下り、エターノスの町中へと吹き込んでいく。

「はい！」

その風に乗せ、ノノは大きく返事をした。胸の中に込み上がる歓喜が、ノノと、もう一人の声となって響き渡る。

「お待ちしております！」

エターノスに吹く風と一つになる気がした。ノノは遠い波間に束の間視線を移し、その輝きに目を細めた。

◇寂しいいちご　甘く酸っぱく

謎の老人、ミホローがエターノスを発って数日。新メニューに加えたタキコミゴハンはまたも評判を取った。

イワシの新しい食べ方だけではない。ゴハン、ウメボシといったまるで未知(みち)の食材に人々は興味を示し、再び食堂はにぎわうようになった。

「食べ飽きているイワシがこんなふうに変わるなんて……」

「熱い粒々とよく合う。このゴハンってのはなんなんだ？」

「これはなんの実なの？　果物の酸っぱさとも違う、不思議な味わいだわ」

いつしか、「エターノス一の景勝地」だけでなく、「新しく珍しい料理を出す宿屋」として『アルカス』の名は広まりつつあった。

それだけではない。ここ数日、ほぼ寝ずにいるマユーラが製図から型紙を起こしてくれたおかげで、ユカタも出来上がりつつある。

サムエの人気も続いている。加えて『ボワン洋服店』限定で売り出しているカンザシのほうも手軽な土産物として大評判だ。モーラとスーラも総出で作るようになっており、『アルカス』の手伝いには入れなくなっていた。

また掃除や洗濯がおろそかになる。そこで全員で相談した結果、ライラの娘たち（とはいえ、ドランやミーシャより年上だ）に手伝ってもらうことにした。

「どんなに料理が美味しくても、客室や食堂が汚かったら意味がない」

そして明日から新年休みに入るという日のことだった。昨日まで断続的に降っていた雨がやみ、エターノスには久々に柔らかい冬の陽光が降り注いでいた。

終業式を終えて学校から帰ったノノは、両親の部屋にライラが来ていることに気付いた。

ところが、ノックをしようとしたまさにその時、ライラの涙声が中から聞こえてきた。

「報酬なんかもらえるわけがないだろうミーシャ！　ただでさえ、あんたの」

手が宙に浮く。思わず、足音を忍ばせて部屋の前から離れた。

所在なく帳場の周囲でうろうろしていると、やがて奥からライラが姿を現した。赤い目元にノノの不安が募る。

けれど、ノノを見たライラはすぐににっかりと笑った。

「ノノ、お帰り！　今度からあたしんとこの娘らが『アルカス』を手伝うからね」

「う、うん」

「まーったくあんたの両親は頑固（がんこ）だよ。お互い様だから報酬なんかいらないって言ってんのにさ、受け取ってくれなきゃ頼まないって」

　明るい口調にもノノの気持ちは晴れない。その様子に気付いたライラが、顔を覗き込んできた。

「どうしたんだいノノ」

「ライラおばあちゃん……母さん、なんの病気なの……？」

「ええっ？　な、何を心配しているんだい。ただの風邪だって言ってるじゃないの」

　無理に上げたライラの声は、そらぞらしいほど陽気だった。

　そんなわけがない。ただの風邪がこんなに長引くはずがない。

　うつむいたノノの肩に、ライラがそっと手を置いた。

「ノノ。あんたが元気でいてくれなくちゃ。ドランとミーシャは、あんたがいないとダメなんだから」

「ええ？　そんなわけないよ」

　そんなバカな。二人がいないとダメなのは自分のほうだ。

　ライラが静かに首を振った。

「そんなことはない。守るものがあるから頑張れるのさ。でなきゃとっくに……ドランは」

「えっ？」

　一瞬、顔をしかめたライラがまた快活に笑う。手を振って帰っていく彼女を見送りつつも、ノノの不安は去らなかった。

厨房に入った。ドランがすでに夕飯の支度を始めている。彼はノノが作ったメニューをすべて作れるようになっていた。そんな父の背中をノノは束の間見つめた。

とっくに。自分がいなければ、父はとっくに、なんだというのか。

手伝わなければ。そう思いながらも、足は厨房を通り過ぎ、両親の部屋の前へと戻っていた。静かにノックをして、中を覗く。

母のミーシャが、立てた枕に深く身体を埋めて横たわっている。顔の横で一つにまとめた金髪が、白い肌と寝衣に溶けてしまいそうだ。ノノに気付くと、ほのかな赤みを残した唇を小さく笑ませた。

「ノノ」

声に力がない。ノノはすくみそうになる足で母の傍らに立った。

「気分は」

どう？　と、訊こうとしてやめる。母はどれだけ体調が悪くても、「大丈夫」と答えるからだ。

「何か食べたいものない？　母さん」

代わりに、そう訊いてみた。母の青い瞳が、かすかに細められる。

「食べたいもの？」

「そう。なんでもいいよ。私、準備する」

「そうねえ……じゃあ……いちごかな」

どこか夢見るような声音だ。半分、眠りかけているのだと知る。

「いちご」

「この頃食べてないわ……甘くて……酸っぱくて……口の中が幸せになるあの味……」

声が消え入る。母が眠りに落ちたことを確認したノノは、そっと部屋から出た。

いちご。確かに、エターノスの庶民の食卓に乗ることは少なくなっている。

定期貨物船の荷物の中にあっても、ザムイ一家がすべて買い占めてしまうからだ。自分たちで食す分のみならず、『ガラリヤ』のデザートとして提供しているためだ。もちろん、町中の商店でも売っていない。

だけど。

町全体を見下ろす山腹に建つ『ガラリヤ』を思い浮かべる。山肌の半分を削って建てられているこの高級宿は、大きさもその立派な石造りの外観も、町を支配する王者の名に相応しい威容を誇っていた。

きゅっと胸の前で手を組んだ。

母さんに食べさせてあげたい。いちご。

宿を覆う闇がひたひたと忍び寄る。夕刻の廊下に立ち尽くしていたノノは、夜の山と空を燦然と照らし出す、『ガラリヤ』の明かりを脳裏に描いていた。

翌朝、『ガラリヤ』に行くというノノの宣言を聞いて、マユーラは飛び上がった。

「な？　何を言い出すの、本気？」

硬い顔で頷いた。二人、帳場で額を突き合わせてこそこそと言葉を交わす。

「どうしても欲しいものがあるの。フレアに頼んでみる」

「え、ええ？　でもそんなちょっと無謀な気が」

「昼前には帰る。ただ、父さんに何か訊かれたらごまかして欲しいの」

「待って、ドランさんには内緒なの？　それってよけいに無謀だよ」

いちごが欲しい。その一念に動かされていたノノは、すでに聞く耳をもっていなかった。

「よろしくね、マユーラ！」

そう言うと宿を飛び出した。「ノノ！」焦ったマユーラの声が追いかけてきたが、振り返らなかった。勢いよく坂を下り、エターノスの町中へと駆けていく。

大通りを行き、港に差しかかる手前の路地を入る。ここから先の山裾はすべてがザムイ一家の土地で、山を切り開いただらだら坂の上に『ガラリヤ』は建っていた。牧場が広がる一帯はまさにザムイ帝国だ。

海原を右手に眺めながら坂を駆け上がる。『アルカス』ほどの絶景ではないが、『ガラリヤ』から眺める海の景色も観光客には人気だ。ノノが走る間にも、自動車や高級な馬車が数台行き来していた。

坂の上の高台には庭園が広がり、丸くカーブを描く馬車道が手入れされた庭を囲んでいた。その向こうに『ガラリヤ』が建っている。大きい時計の付いた四階建ての本棟を挟み、三階建ての両翼が左右に伸びる大きい宿だ。

正面にある大玄関の両脇に立つ警護員は、徒歩でやってきたノノを不思議そうに眺めた。

「ノノ。どうした」

『ガラリヤ』で働いている従業員にはこの町の住民も多い。『ガラリヤ』はエターノスに職も与える。その意味でも、ザムイ一家は「帝王」なのだ。

ノノは息を切らせて答えた。

「フレアに会えますか」

「え？」

「相談したいことがあって来ました」

二人の警護員が顔を見合わせた。「待っていなさい」と一人が中に入っていく。

そわそわと玄関の前で待っていると、程なく先ほどの警護員が呼びにきた。

「お嬢様が会うそうだ。入りなさい、ノノ」

「は、はい！」

会える。ノノは警護員に促されるまま、正面玄関を潜った。一歩踏み入るなり、「うわあ」と声を上げてしまう。

丸く形作られた玄関室は驚くほど広く、窓から射し込む外光が、敷き詰められた絨毯を明るく照らし出していた。右手に大きい帳場、左手に二階から上、両翼に向かう廊下に繋がる階段が伸びている。

とにかく広くてきらびやか。初めて踏み入ったノノは、ただただ圧倒されてしまった。

ここが『ガラリヤ』。すごい。

「わざわざどんなご用件？」

声が響いた。見ると、一階奥の両開きの扉からフレアが現れた。この広い空間のみならず、奥にもまた設備が続いているらしい。

つんとノノを見下ろしたフレアが、肩にかかる金色の巻き毛を指で払った。

「驚いたわ。あなたが来るなんて」

「あの……いちごを分けてもらえませんかっ」

広い空間に、いちごという言葉が反響する。

フレアが緑色の目をすがめた。

「ハア？」

「は、母が……いちごを食べたがっているの。お金なら払うから、お願いします！」

頭を下げた。フレアが履いている金色の靴のつま先が目に入る。自分の擦り切れた布靴とはまったく違う。

「じゃあ、条件があるわ。ちょっと来て」

すると、フレアがくるりときびすを返し、奥の扉のほうへと歩き出した。顔を上げたノノはあわててその後を追った。

扉を潜って驚いた。玄関室よりさらに広い食堂だったからだ。白いクロスがかけられたテーブル席がいたるところに配され、部屋の左右はテラスになっている。外は造成された芝生の庭が広がり、間近に迫る山の緑と繋がっていた。

朝食後という時間のせいか、どの席にも食べ残しの乗った皿がまだあった。大きいエプロン姿の給仕たちが席の間を行き来して皿を片付けている。

「見て」

食べ残された皿をフレアが指す。見回したノノは目を見張った。

皿の上には、まさにノノが欲しかったいちごがたくさん残っていた。ほかにも残されたトマトやレタスなど、生の野菜が目に付く。

「うちのお客様は舌が肥えていらっしゃるから。今さらいちごなんて珍しくもないの。だからこうして、出しただけでは食べていただけないわ」

「……」

母さんの欲しがっているいちご。残されてしまった赤い色が悲しく見えた。

「サラダも同じ。お肉と一緒にお出ししただけでは食べていただけないの」

くる、とフレアが振り向いた。

「あなた、どうにかできる？」

「いちごや、サラダを美味しく食べるもの……」

「考えてくれたら、いちごをお分けするわ」

周囲を見回した。

余った食べ物。美味しく食べられるはずなのに、味わってもらえないまま、捨てられてしまう食べ物。

いちご。サラダ。

練乳（れんにゅう）

はっとノノは顔を上げた。何？　そっと胸に手を当てる。

マヨネーズ

「レンニュウ……マヨネーズ……？」

ぶつぶつとつぶやき始めたノノを、フレアが顔をしかめて見た。

「どうするの？　考えてくれるの？　それとも帰る？」

砂糖　牛乳
卵　塩　油　酢（す）

「ん？　酢？」

「酢？」

二人で言葉を繰り返し、首を傾げ合う。が、すぐにフレアはふんと鼻を鳴らすと、金色の髪をふさふさ揺らしながら言った。

「まあいいわ。とにかく作ってみなさいよ。その代わり、私が美味しいと思わなければダメよ。分かってるわよね」

頷いた。母さんのために、何がなんでもいちごをもらって帰る。

大食堂の奥には白い扉があった。フレアが先に立ち、中に入っていく。続いたノノはまたも驚いた。

中は広い厨房になっていた。何基ものかまどがずらりと並び、それぞれのかまどに煙突がしつらえられている。壁にかかった複数の鍋、調理器具。大きい洗い場。真ん中にはノノのベッドの何倍もありそうな調理台。

その周りには真っ白い調理服姿の五人の男性が立っていた。そのうちの一人がフレアに気付き、調理帽を取って頭を下げた。

「これはフレアお嬢様」

細身の男の人は、父のドランと同じ歳くらいに見えた。きゅっと引き結ばれた口元、鋭い目つきが神経質そうに見える。

フレアは頭を下げた男性に答えるでもなく、素っ気ない口調で言った。

「彼はここの料理長よ。スペン、この子は『アルカス』のノノ。いちごとサラダを美味しく食べる方法を考えてくれるんですって」

彼女の言葉に、スペンの眉がぴくりと動いたのが分かった。料理長？　数日前、ライラから聞かされた話をノノは思い出した。

『ガラリヤ』で出た鳥からに似た料理は不味かった——。

うわあ。内心逃げたくなるが、どうにかこらえる。

いちご。すべてはいちごのためだ！

「は、は、初めまして！　ノノといいます。えっと、では、まず」

胸を叩く。あの人の声に耳を傾ける。さあ。

何をすればいい？

とたん、手足に力がみなぎった。用意してもらった牛乳を一カップ分、小鍋に入れた。続いて砂糖小さじ四杯。この牛乳の量には多いかな？　というくらい入れる。

この二つを入れた鍋を弱火にかけた。煮立たせないよう、さらには砂糖がダマにならないよう丁寧にかき回し続ける。

「何よこれ。牛乳と砂糖を合わせただけ……あら」

程なく、甘くて温かい匂いが立ち込め始めた。煮詰めた牛乳の量が半分ほどになり、ほのかな飴色（あめいろ）になっていく。かすかにとろみが付いたところで火から下ろした。小さい器に移し替える

「これで後は冷やします」

「えっ。これだけ？」

不満そうなフレアの声を背に、ノノはスペンを見た。

「卵、ありますか。冷やしていない常温のほうがいいです」

「……ありますよ。ですが、なぜ常温なのですか」

「マヨネーズを作る時、冷えたものを使うと油と分離しやすいんです」

答えが迷いなく、すらすらと出てくる。これは私じゃない。あの人が話している。

「あとは塩、油、それと……酢」

はっとスペンが目を見開いた。「ああ！」とフレアが声を上げる。

「酢、ね！　聞いたことがあると思った。ちょっとノノ、それを使う気？」

「え？　うん」

ぎりっとフレアが目を細めた。

「冗談じゃないわ。酢って、あのツーンとする味でしょ？　私もパパも大嫌いなの！　だからスペンには使うなって普段から言っているのよ」

スペンを見た。目を伏せ、自分の手元を見下ろしている。

「あんな味、エターノスでは好まれないわ。ダメよダメダメ。ほかのにして」

「あ、ま、待って。作ってみなければ分からないでしょ」

「ハ？」

フレアが眉をひそめる。

「た、確かに、今まではエターノスでまったく使われてこなかった味だけど。だけど、合わせる食材によってはすごく美味しくなる」

相性。イワシとウメボシみたいに。

「だから使わせて。それに、どうなるか興味がない？　食材に混ぜたり熱したり冷やしたり、そうしたらどんな味になるのか。想像するだけでわくわくしない？」

意気込んで話すノノをスペンがじっと見つめた。

一方、フレアはふんとそっぽを向いた。

「バッカみたい。料理ごときでわくわくなんかするわけないでしょ。まあいいわ。そこまで言うなら使いなさいよ。ただし、美味しくなきゃダメなのよ。あなた、いちごが欲しいんじゃないの？」

その通りだ。だから、絶対に美味しくする。

常温の卵の黄身二個分、塩をボウルに入れた。泡だて器で混ぜながら、少しずつ油を加えていく。スペンが小声で訊いてきた。

「酢はいつ入れるのです？」

「これらを混ぜて、粘度が出てきてから。最初から酢を入れる場合も多いのですけど、私はいつも失敗していたので。だからもう少し後で入れるようにしています」

すらすらと答えてしまう。〝私〟。私じゃないけど、私だ。

混ぜて、油。混ぜて、油。これをしばらく繰り返した。けれどなかなか粘度が出ない。

フレアが鼻で笑った。

「これがなんだというの。ヘンなの」

あれ。私の力だと、卵と油を混ぜるには弱いのかな？　ノノが少し焦った時だ。

「私が混ぜましょう」

横からスペンが申し出た。戸惑うノノの手から泡だて器を取り、手早くかき混ぜ始める。

「あなたは、油を入れてください」

「は、はい」

静かな声。父に似ている。ノノは彼の美しいほどに素早い手さばきを見ながら、油を徐々に注ぎ続けた。

「あ」

程なく粘度が出てきた。スペンが混ぜれば混ぜるほど粘りが増す。そこで今度は酢を少しずつ垂らし、固まり始めた卵と油をほぐしていく。

「やだっ、ツンとした匂い！　こんなものが美味しくなるわけないじゃない」

ぶつぶつと文句を言うフレアに構わず、スペンは泡だて器で混ぜ続けた。酢を入れ終わると、再び油を少しずつ入れていく。そして混ぜる。

「おお」

ボウルの中の生地が白くなり始めた。粘度も十分。スペンがノノよりはるかに強く、そして素早く混ぜてくれたおかげだ。出来上がったマヨネーズはもっちりとしており、酸っぱい匂いが厨房に満ちた。

「やだーっ、何これぇ」

一人で騒ぐフレアをよそに、厨房にある丸パンを包丁で細かく刻んだ。フライパンを火にかけ、細かくしたパンを乾煎りする。

ノノの手元を見ていたスペンが再び訊ねた。

「これは？　何を」

「サラダにかけます」

「サラダぁ？　パンを？　ノノ、あんた頭がおかしいんじゃないの」

またもすっとんきょうな声を上げるフレアを無視して、ノノはスペンを見上げた。

「じゃあ次は……いちご、用意してください」

彼が小さく頷き、料理人たちに指示する。ノノは大きい保冷箱に入れて冷やしておいたレンニュウを出した。冷やしたことで、さらにとろみが増している。

調理台に山盛りのいちごが準備された。

いちご。母さん。

甘酸っぱい香りを感じながら、二つのガラスの器にそれぞれ五粒のいちごを盛り、とろとろになったレンニュウを上からかけた。そしていちごをスプーンでつぶしていく。

「え？　嘘、つぶしちゃうの？」

すべてのいちごを半分ほどつぶす。果肉とレンニュウの赤と白が混じり合う。ガラス器を通し、二つの色が美しいピンク色に輝いていた。フレアとスペンの前にそっと差し出す。

「食べてください」

ノノの真剣な顔を見たフレアが、目元をぴくりとひくつかせた。ガラス器を手に取り、半分つぶしたいちごとレンニュウを口に運ぶ。

「つぶしたいちごなんて、美味しいわけ……」

言葉が、白と赤の色合いとともに呑み込まれていく。フレアの目がぱっと見開かれた。

「……」

手元のいちごとレンニュウをじっと見下ろす。そんな彼女の様子を見たスペンも、スプーンで掬い口に入れた。

「これは」

食べたとたん、フレアと同じくまじまじとガラス器を見下ろした。無言でほかの調理人たちに手渡す。次々食べた彼らが驚いた声を上げた。

「この白いソース、なんて柔らかい甘さ。それがいちごの甘みと酸味、両方と美味しく溶け合っている」

「果肉をつぶすことによって、ソースにもいちごの美味しさが滲み出ている……」

「しかも歯ざわりがいい。半分だけにつぶすことによって、硬過ぎず柔らか過ぎず、いちごの食感を楽しむことができる」

レンニュウを見つめていたスペンがつぶやいた。

「牛乳と砂糖を煮詰めて冷やしただけなのに……こんなひと手間で、さらに美味しい」

　ふん、とフレアが胸をそらせた。

「まあまあね。これは確かに悪くないわ。でも、そっちはどうなの」

　調理台には、皿に盛られたサラダが用意されていた。

「チーズはありますか。一かけほど。あっさり目の味のほうがいいです。それとおろし金」

「チーズとおろし金？」

　スペンは戸惑ったようだが、すぐに用意してくれた。ノノはマヨネーズを回しかけたサラダに、おろし金でチーズをすり下ろした。緑の野菜の上に、粉雪のように振りかける。さらにその上から、先ほど乾煎りしたパンを散らした。

「チーズと煎ったパンをサラダに？」

「こんなやり方、初めて見る……」

　大きいスプーンとフォークでよく混ぜ、皿に取り分ける。一口食べたスペンたちが、またも口々に言った。

「なんだこのソース……卵の風味を残しながらも酸味が効いている。油もしつこくない」

「それでいて酸っぱ過ぎない！　あっさりした味のチーズともよく合う」

「しかも散らしたパンがアクセントになって、野菜を食べることに飽きがこない……」

　料理人たちが誉めそやすのを、フレアは半信半疑といった表情で眺めていた。ノノが取り分けたサラダを怖々口にする。

「……」

きゅ、と眉をしかめた。しかしすぐに二口目を口にする。ノノは意気込んで言った。

「ツーンとする味が苦手なら、酢の量を調節すればいい。どう？　これならいちごもサラダも、今までより美味しく食べてもらえるようになると思う」

「……」

そのいちごの香りに包まれながら、ノノは頭を下げた。スペンたち料理人が、戸惑っている気配が伝わってくる。

「お願いフレア。いちごをください！」

やがて、フレアが声を上げた。ノノは息を呑む。

「まあまあね」

「だけど、このマヨネーズとやらはスペンに手伝ってもらったでしょ。あんた一人が作ったわけじゃない。だからこれだけよ」

そう言うと、いちごの山から二粒取り、ノノの手のひらに落とした。

「二つ……」

「文句ある？　もらえないよりましでしょ。それと、今作った二つのメニューは『ガラリヤ』のものだから。『アルカス』では出さないでよね。じゃ、さっさと帰りなさいよ」

斬り付けるように言い捨てると、フレアはさっさと厨房から出ていった。ノノは両の手のひらに乗った二粒のいちごを見下ろした。

赤い色合いが、寂しげだ。

でも、もらえないよりはいい。ノノは頭を下げた。

「お邪魔しました。では帰ります」

「お待ちなさい」

顔を上げると、スペンが小さい紙袋にいちごを詰め込んでいた。袋がふくらむまで入れてからノノに押し付ける。

「持って帰りなさい」

「えっ？　でも」

「喜んでくれる人に食べて欲しい」

静かに、けれど強い声音で言う。居並ぶ料理人たちも小さく頷く。

おそるおそる、いちごの詰まった袋を手にした。甘い香りが鼻腔いっぱいに広がる。

「あ、ありがとうございます……」

スペンがかすかにはにかんだ。とたんに幼く見える。

「トリカラ。あれと似た料理を『ガラリヤ』でも出せと言われたのですが……作り方がまったく分からない上に、ザムイさんには牛肉を使えと言われて」

「えっ？」

不味いと言われていた鳥からの材料は牛肉だったのか？

真っ直ぐなまなざしで、スペンがノノを見た。

「今度、『アルカス』に行きます」

「スペンさん……」

「あなたの料理、もっと食べてみたい」

「はい！」

嬉しくなったノノは、大きい声で返事をした。内なる声と重なり合う。

「宿屋『アルカス』でお待ちしております！」

頭を下げ、厨房を飛び出した。母さん。いちごもらえたよ。今、帰るね！

甘酸っぱい匂いとともに、ノノは駆け出した。


ところが。

宿屋に戻ると、マユーラがあわてた様子で玄関から飛び出してきた。その顔色は蒼白だ。

「奥様が……ミーシャさんが」

いちごの詰まった袋が手から落ちる。ノノは厨房の奥にある両親の部屋に飛び込んだ。

「母さん！」

叫んだきり、立ちすくんでしまう。

血の気を失ったミーシャが横たわっている。瞼はしっかりと閉ざされ、動く気配がない。

傍らに立つドランが振り返った。

「熱が。ひどい」

ふら、と一歩踏み出した。けれどそれきり、動けない。

「呼びかけにもまったく応じない。意識が」

父の言葉が耳に入らない。起きて。ノノは必死に胸の内で叫んだ。

起きて。母さん。

いちご、もらってきたよ！

◇新たな決意　涙のおにぎり！

宿屋に到着した町医者のザーグ、続いてマユーラが息せき切って部屋に飛び込んできた。

町に走ったマユーラの知らせを受けたライラが、観光用の辻馬車を営む娘婿に頼み、ザーグを『アルカス』まで送ってくれたのだ。

ザーグがあわただしく医療カバンを開く。その様子を見ながら、ノノは動けなかった。

「今夜は食堂を開けない。お泊りのお客さんにも宿替えを頼むことになるかも」

そううなる父の声も遠かった。

「ノノ！」

真っ青になって震えるノノを、マユーラが外へと連れ出した。彼に肩を押されるまま、ふらふらと厨房から食堂に入る。厨房の調理台には、誰が拾ってくれたのか、いちごの入った袋が置かれていた。

ライラ、サッスとイアージの親子も宿に飛び込んできた。食堂に入るなり、ライラが「ノノ！」と抱きついてきた。とたん、ノノはぼろぼろと泣き出してしまった。

「か、か、母さん、なんの病気なの」

彼女の腕の中で泣きじゃくる。誰も何も言わない。

「お願い。教えて……！　私だけ知らないのはいや！　か、母さんは、どうしちゃったの」

「原因が分からないんだと」

ライラが静かに言った。ひく、とノノは涙を呑んだ。

「分からない……？」

「ああ。身体に力が入らなくて、ふらふらしちまう。内臓も弱って、食べ物をどんどん受け付けなくなって……」

「く、薬は？　ないの？」

顔を涙でぐしょぐしょに濡らしたノノを見たサッスが、小さく首を振った。

「ザーグ先生が言うには、特効薬のようなものはないと。寝てるしかない」

「そんな」

「ただ」

きゅ、と眉根を寄せ、サッスが続けた。

「非常に高名な医者がいるらしい。世界中を飛び回る名医だ。この先生なら」

「そ、その先生はどこにいるの？」

「分からない。旅から旅へ、ひとところに留まることをしない御仁（ごじん）だそうだ。それに」

「きっと高いよね。治療代」

マユーラが低い声で言った。

「とてもじゃないけど、庶民が払える金額じゃ」

「マユーラ！」

鋭いイアージの声が飛んだ。マユーラがはっとノノを見る。「ごめん」、そう言うと、悲しげに顔を歪めた。

息の詰まりそうな沈黙が落ちる。ノノも苦しくなって、涙をぐいと拭った時だ。けたたましいエンジン音が鳴り響いた。自動車。全員が眉をひそめ、音のほうを見る。この町で自動車に乗っているのは、裕福な観光客、もしくはあの男しかいない。

「ザムイか」

サッスがうめいた。宿の外に出ると、坂を上がったところにザムイの自動車が停まっていた。後部座席からザムイが出てくる。隣にはフレアも座っていた。

「ミーシャのことを聞きつけたのか。何しに来やがった……？」

ドランも姿を見せた。エンジン音に気付いたのであろう。

現れたドランを見て、ザムイが両手を大きく広げながら歩み寄ってくる。

「ドラン聞いたよ。ミーシャの具合はどうだね」

言葉とは裏腹にその足取りは軽快だ。ドランは無言で目を伏せた。

「今、お泊りのお客さんたち、宿替えをしなければならないのでは？　どうだ、ぜひとも『ガラリヤ』が引き受けようじゃないか」

「え？」

「もちろん宿泊代は『アルカス』と同じでいいよ。当然だ。困った時はお互い様だからな！」

その場にいる全員が顔を見合わせた。『アルカス』と『ガラリヤ』では、宿泊代がまるで違う。こんな損になる話をわざわざ申し出るとはどういうつもりか。

ザムイがにやりと笑った。

「ところでドラン。話があるのだが」

「ザムイ！」

顔色を変えたサッスが叫んだ。ライラも血相を変えてザムイのほうへ詰め寄る。

「ちょいと！　まさか……弱っているところにつけ込むつもりじゃないだろうね！」

「おやおや。なんのことだ？」

ライラの剣幕に反し、ザムイは余裕の表情だ。どういうこと。ノノは殺気立った大人たちのやり取りを、息を詰めて見た。

「すまない。ライラばあさん。今日のところは帰ってくれ。サッス。ザーグ先生は俺が送る。だからあんたも帰ってくれ。みんな、今日はありがとう」

するとうなるような声でドランが言った。サッスとライラの顔が青ざめる。

「ドラン……！」

「聞いただろう？　さあ帰った帰った。いざとなったら、エターノスで頼りになるのはこのザムイ様ということなのさ」

突き出た腹をゆすり、ザムイが笑い飛ばす。サッスがぎりりと唇を噛んだ。

「ドラン。いいか、早まるなよ」

しかし、ドランはそれには答えず、ザムイに中に入るよう促した。二人が食堂の中に消える。とても追いかけられない雰囲気だった。

しばらく、取り残された一同は立ち尽くしていた。が、やがてライラ、次にサッスとイアージが帰っていった。

帰り際、サッスはノノの肩に手を置き、真剣な顔をして言った。

「ノノ。エターノスにはドランが……『アルカス』が必要だ。だからお父さんにヘンな気を起こすなと言ってくれ」

怖いほどの真剣な表情に頷くことしかできなかった。去っていくみんなを見送りながら、ノノはしばらく呆然としていた。

潮風が吹く。いつもなら心地いいはずの風が、今日はことさら冷たい。

「風邪をひく。ノノ。部屋に戻りなよ」

マユーラがぽつりとつぶやいた。うん、と答える。熱く腫れぼったい目からまたも涙がこぼれそうで、ノノはあわてて首を振った。きびすを返し、宿屋に入る。

帳場の横手にある食堂を窺う。父とザムイが何やら低い声で話をしている。ノノは食堂を通らずに廊下の正面にある扉から厨房、そして居住用の廊下に入った。両親の部屋の前で立ち尽くす。

母の顔を見るのが怖かった。

二度と目を開けてくれないかもしれない。そう思うと、不安に足元から崩れてしまいそうだった。

「ちょっと」

自室代わりにしている物置に戻ろうとしたマユーラを呼び止める声があった。フレアだ。肩にかかった見事な金髪を払い、傲然と顎を上げる。

「お前が『アルカス』の制服を考えたのでしょ。『ボワン洋服店』にも型紙を提供している。あの髪に挿す飾りも」

「……ええ」

「悪くない腕だわ。ねえ。お前、『ガラリヤ』に来ない？　賃金は今の十倍出すわ。お前だけの店を持たせてあげてもいい。どう？」

マユーラは目を見開いた。が、すぐに彼女に背を向けた。

「お嬢様、大変光栄なお申し出ですが。僕はここでの仕事が気に入っておりますので」

「あのままじゃ、ミーシャは助からないわよ」

足が止まった。

「世界的に高名な医者がいるそうね。彼が処方する薬であれば、ミーシャは助かるかもしれない……だけど、その医者は世界中を飛び回っており、所在がまったく掴めない」

「……何がおっしゃりたいんです？」

「その医者、捜してあげてもよくてよ。ただし、お前がうちに来ればね」

マユーラの黒い瞳が、かすかにすがめられた。

ふふん、とフレアが笑った。

「気が変わったら来るといいわ。『ガラリヤ』に」


翌日。

ノノは朝からぼんやりとしていた。

せっかくの新年休みだというのに、『アルカス』は休業してしまったからだ。

昨日、三十分ほどでザムイは帰っていった。宿泊客は全員『ガラリヤ』に宿替えすることになり、据え置きの値段であの高級宿に泊まれると、みんな大喜びだった。

迎えの馬車に乗り、お客さんたちが『アルカス』から去っていく。それを見送りながら、ドラン、ノノ、マユーラの誰もが無言だった。

馬車の姿が見えなくなってすぐ、ドランは二人に背を向け、こう言ったのだった。

「しばらく『アルカス』は休業だ」

人気のない岬の突端に立ち、ノノはぎゅっとこぶしを握った。

とうとう、父はザムイと何を話したのか教えてはくれなかった。ノノも訊ねることができなかった。母のミーシャは少し熱が下がったものの、依然として意識がない。

宿屋の中は、すべての音が絶えたかのように静かだった。マユーラも姿を見せない。お客さんのいない『アルカス』。空っぽの箱だ。

毎朝、毎晩、厨房に立って。洗濯したり掃除したり、いつも宿屋中を駆け回って。

もっとゆっくり両親と過ごしたいと何度思ったことか。休みなく働き続けることがいやになった時もある。

けれど、こんなにも虚しい気分になったことはなかった。常にお客さんが行き来して、楽しんでもらおうと工夫して、笑って、泣いて、考えて――。

そのささやかに積み重ねた毎日こそが、自分を支えていたのだと思い知る。両親と、仲間と、お客さんと。
時間がただ過ぎていく。空っぽの『アルカス』には穴が開いていて、どれだけ時間が経っても満ちることはない。お昼。そして夕方。陽が陰り、海が夕刻の緋の色に染まり始める。膝を抱えて座り込んだノノは、赤から黒へ、刻々と色を変える海を呆然と眺めていた。
つく、と胸が疼いた。

寂しい

私の中にいる女の人。やはり悲しげだ。

寂しい　寂しい

お客さんがいないから？　それとも、家族がバラバラになりそうだから？　うん。そうだね。頷いて、胸をこぶしで押さえる。
こういう時、どうすればいいの？

顔を見て

ちゃんと話して

「……」

ふらりと立ち上がった。宿屋に入り、両親の部屋へ向かう。

扉をノックする。しばらく待ってそっと開けると、横たわる母を見つめる父の姿があった。一睡もしていないのか、目元が暗い。ノノは落ち込んだその背中に駆け寄りたくなる。

守られたいから？　……ううん。今は、自分が父と母を守りたい。

その時だ。

玄関のほうが騒がしくなった。やがてイアージが部屋に駆け込んでくる。

「ド、ドランおじさん！」

血相を変えた彼の表情にドランも立ち上がった。

「どうした。イアージ」

「父ちゃんが……父ちゃんが」

「サッスが？」

「山崩れが起きて……父ちゃんが巻き込まれた！」

山崩れ。ノノもドランも息を呑んだ。

「きょ、今日、父ちゃんと兄ちゃんが山を越えて隣町に行こうとしたんだけど」

「隣町？　一昨日までの雨で地盤がゆるんでいると知っているはずなのに……なぜ」

唇を噛んだイアージが顔をしかめた。

「このままじゃエターノスはダメになるからって……ザムイの独裁状態を止めないと。でなきゃ、ドランも『アルカス』を手放してしまうからって」

ドランが目を見開いた。ノノも言葉を失う。

父さんが『アルカス』を手放す？

「周囲の町と協力すれば、たとえ貨物船の荷物をザムイ一家に独占されても分け合える。鶏肉だって、エターノス以外にも販路を広げれば、ザムイの脅しに屈することもない」

「……」

「だから、まずは隣町に行って話し合ってくるって。だけど」

山崩れ。町を囲む山々は地盤がゆるい。だから本当に鉄道などが通せるのか、みんな不安に思っていたのだ。強硬に推し進めて、大事故が起きたらどうするのか？

必死の顔でイアージが訴えた。

「今、兄ちゃんが知らせに戻ってきたんだ、おじさん早く！　父ちゃんを助けて！」

「分かった」

ドランが強く頷く。

「今、すぐに用意して行く」

「俺、町長さんにも知らせてくる。みんなにも手伝ってもらわないと！」

　突風のような勢いでイアージが部屋から出ていく。ドランも部屋の納戸(なんど)を開け、頑丈な靴や厚い上着を手に取った。

「父さん」

「とにかく行ってくる。サッスが心配だ」

「……ドラン……」

　弱い声が上がった。二人ははっと振り返った。

「母さん！」

　ミーシャの目が開いている。彼女は弱く笑むと、駆け寄った夫の手に自分の手を重ねた。

「ドラン。『アルカス』を手放そうと思っているのでしょう？」

　ドランの瞳が揺らいだ。

「ここから立ち退けば、大金を払うと……ザムイに言われた。そうでしょう」

「……」

「私の治療にはお金がかかる。だから」

「ねえ手放すってなんのこと？　『アルカス』を？　父さん――」

「絶対にやめて」

　ミーシャのか細い声が、凛とした芯をはらんだ。

「ドラン。『アルカス』はあなたと私が育ててきた、子供同然の場所よ。あなたはここを失えば、きっとダメになる」

「ミーシャ。しかし」

「生きていく場所は、あなたという人間そのものなの。私は、あなたに空虚な人生を送って欲しくない。いつだって、いるべき場所でいきいきとしていて欲しい」

「しかし！　それではお前が……！」

悲痛な声が部屋に満ちた。はた、と落ちたしずくが、白いシーツに小さなしみを作る。

初めて見る父の涙。ノノは立ち尽くした。

ミーシャがゆっくりと首を振った。

「いいえ。私はここにいる。どんな形になっても……私が生きた証はこの宿屋『アルカス』にある。愛しているわ。あなたを、ノノを……『アルカス』を。だから手放さないで。私の――私たちの愛を、手放さないで」

「……」

「行って。サッスを……エターノスを助けて」

妻の真っ直ぐな瞳をドランが見つめ返す。やがて、大きく頷いた。

「行ってくる」

用意した上着と靴を手に父が部屋を出る。「ノノ」、弱く微笑んだミーシャが手を伸ばした。

「ドランをお願い。今のあの人には、あなたが必要なの」

「……母さん」

「大丈夫。父さんとあなたがいれば……『アルカス』はまた甦る」

涙を払った。母の手をぎゅっと握ると部屋を出る。どく、どくと鳴る鼓動を感じながら、必死に考えた。

何ができる？　今、私に何ができる？

お弁当

はっと目を見開いた。そうだ。お弁当。

おにぎり
力になる

「……」

強い力に、身体が突き動かされる。厨房に飛び込んだ。マユーラも駆け込んでくる。

「何があった？　ドランさんが怖い顔で出ていったけど」

「マユーラ」

　彼の黒い瞳を見た。マユーラも真剣な顔になる。

「お願いがあるの。ライラおばあちゃんたちを呼んできて。そしてティーナも」

　暗い夜のとばりが、エターノスを包み込もうとしていた。


　ライラと二人の娘、ボワン家の三姉妹が到着した時、ノノはありったけの鍋でコメを炊いているところだった。

　とはいえ、小鍋から中鍋までしか使えない。以前、大きい鍋でコメを炊いてみたところ、火がまんべんなく通らずに失敗したからだ。

　三基のかまどすべてでコメを炊いたので、厨房は炊き上がったゴハンの甘い匂いに満ちていた。入ってきたライラたちがほうっと息をつく。

「いい匂い」

　大きい陶器ボウルに炊いたゴハンを移し、木杓でさっくり混ぜて空気を入れる。程よく冷ましたところで、洗った手に塩を一つまみこすり付け、ゴハンを乗せた。そのまま両手で包み込み、握っていく。

「なんだいこれ……？」

「オニギリ。男の人たち、山崩れの現場に行っているでしょ。食べてもらおうと思って」

「オニギリ」

「うん。手伝って欲しい。みんなでやればあっという間だから」

ぎゅっぎゅっと手の中でまとめるうちに、ゴハンのかたまりが三角の形になっていく。

しばらくノノの手際を見ていたライラが、「よっしゃ！」と袖を大きくまくって手を洗い、同じようにオニギリを作り始めた。

「お、熱いねえ」

「やけどしないようにね。塩はほんの少し多めでもいいかも。冷めてから食べるから」

「あいよ。さあみんな、このオニギリってやつを作ろうじゃないかい！」

ライラの号令を機に、全員で握り始める。「熱い！」「何、この形ぃ」騒々しいが、自然とみんなの顔に活気があふれた。一緒に温かいゴハンを囲んでいると、不安が薄れていく。

程なく、五十個ほどのオニギリが出来上がった。形は歪だが、どれもつやつやと輝いている。ライラがノノを見た。

「で？　ここからどうするんだい」

準備しておいたものを取り出す。木箱、そして保冷箱に入っていた黒緑色の薄いもの。

「……紙？」

モーラとスーラがそろって首を傾げた。ノノは手のひらサイズに切られた四角いそれを箱から取り出し、調理台に置いた。

「まさかこれ、食べ物じゃないよね？」

「ううん。食べ物だよ。ノリ」

行商人の助言通り、ノリは乾燥を防ぐという木箱に入れたまま、保冷箱で保管しておいた。が、それでも取り出してみると少し湿気(しけ)ている。あれ。ノノが戸惑った時だ。

焼いて
「ひえっ」

頭に声が響いた。ヤク？　ノリを？　このぺらぺらした紙みたいなものを？

焼いて　フライパン
フライパン。手に力がみなぎる。驚くライラたちを押し退け、フライパンをかまどの火にかけた。ノリを次々敷いていく。焦がさないよう時々ひっくり返しながら、一分ほど焼いた。ティーナがくんくんと鼻を動かした。

「あれ……なんだかいい匂いが……」

程なく、香ばしい匂いとともに、ノリに張りが戻ってくる。要領を覚えたライラたちに作業を任せたノノは、握ったオニギリに焼いたノリを次々巻いていった。

「これがオニギリ……」

「食べてみて」

全員が出来上がったものを訝しげに眺める。黒い紙に包まれた、三角型の白い粒々。言われたティーナが、おそるおそる山の部分を口にした。はり、とノリの割れる小気味いい音がする。

「んん！」

ティーナが目を見開いた。

「美味しい！」

「ええ？　本当？」

半信半疑といったモーラが、妹の手にある食べかけのオニギリをかじった。とたん、

「何これ！」と叫んだ。

「口の中で甘さがふっくらと広がる！　しかも塩味が効いてる」

「この黒い紙、不思議だわ……こんなペラペラなのに香ばしいなんて……」

それから、ティーナに持ってきてもらった新品のさらし布を切り、オニギリを一つ一つくるんでいった。

「いちいち布で包むの？」

「みんな、手が汚れているから。こうやって布にくるめば、オニギリの旨味も保たれるし、直接手に触れなくても食べられる」

出来上がったオニギリを籠に詰め込んでいく。みんなの家から持ってきてもらった革製の水筒にも水を詰め、もう一つの籠に詰め込んだ。

オニギリの籠をノノが、水筒の籠をマユーラが担いだ。宿前で待機していた辻馬車に乗り込む。御者はライラの娘婿だ。

乗り込んだ二人を、車窓越しにみんなが見送る。ノノの手を握ったライラの目が、かすかに潤んだ。

「お前は本当にいい子だ。強くて、勇気と知恵がある。ドランとミーシャは幸せ者だよ」

「……ライラおばあちゃん」

「頼んだよ。サッスは大切な町の一員だ。エターノスの仲間なんだ」

「出発しますよ！」

娘婿の声が響いた。同時に鳴るむちの音。馬車が走り出した。見送るライラたち全員がいっせいに手を振る。

「ノノ！　頼んだよ！」

ノノも窓から身を乗り出し、手を振り返した。

「行ってくる！　必ずみんなで戻って来るから！」

ライラたちが遠くなり、闇に呑まれていく。それでも、ノノの目には、彼女たちの姿がいつまでも消えずにいた。

山崩れがあった箇所の手前で馬車を下りる。これ以上、馬車で山道に踏み入るのは危険だ。馬車にはそのまま待機してもらい、ノノとマユーラは先を急いだ。

程なく、山中にぽつぽつと灯る明かりが見えてきた。サッスを捜す男の人たちが持つカンテラの明かりだ。小走りに山道を駆け上がった二人は息を呑んだ。

流れ込んだ土砂（どしゃ）が木々をなぎ倒し、道をふさいでいる。町の男性らが手に手にシャベルを持ち、土砂や泥をかき出していた。その傍らには、立ち尽くすイアージの姿がある。

「……まさか」

あの土砂に埋もれている？　男性らは誰もが暗い顔で、シャベルを刺すように突き立てていた。ティーナの父、ボワンもいる。いつもは穏やかな表情が厳しく歪んでいた。

「ノノ」

娘の姿に気付いたドランが眉をひそめた。

「どうした。何しに来た」

「お、お弁当……持ってきた」

男の人たちの殺気立った雰囲気に足がすくむ。ドランはちらりとイアージを見た。

「イアージに食べさせてくれ」

一人、ぽつんと立つイアージは、大人たちの中で一際小さく見えていた。ノノはそっと声をかけた。

「イアージ。お弁当持ってきた。食べよう」

何も答えない。ノノは籠の中からオニギリを一つ取り出し、彼の手に持たせた。

「食べて」

「……」

「みんな、私と父さん、母さんのことを支えてくれたでしょ。だから今度は私の番」

持たされた小さい包みをイアージがじっと見つめる。やがて、おそるおそる布を開いた。中に包まれたオニギリを見て目を見張る。

「なんだこれ」

「オニギリ。元気が出るよ！」

言われたイアージがオニギリを小さくかじる。「む」とうなった。もう一口、二口とたて続けにかじりつき、すぐに全部を口の中に詰め込んでしまった。

「……美味え」

「よかった」

「腹ん中が、あったかくなる」

そう言った彼の瞳から、ぼろぼろと涙がこぼれ落ちた。そんな彼の目の前に、マユーラが水筒を突き出す。受け取ったイアージはごくごくと水を飲むと、大声で叫んだ。

「美味い！」

その声に男性らが振り返った。ノノは立ち上がり、彼らに向かって声をかけた。

「お弁当を持ってきました！　皆さん、食べてください！」

疲れ切っていた彼らが手を止めた。ドランがすかさず言う。

「交替にしよう。半分が休憩だ。残りは作業を続ける！」

半数の十五人ほどがノノたちの周囲に集まった。手分けしてオニギリと水筒を配る。男性らは、配られたオニギリを訝しげに見つめた。

「これはなんだ。美味いのか？」

「初めて見るぞこんなもの」

ところが、おそるおそるとオニギリを口にするやいなや、いっせいに目を輝かせた。

「こ、この黒いものはなんだ？」

「これが『アルカス』で出していたコメか。塩味も効いていて、こりゃ美味しい」

ガツガツと勢いよく食べていく。たくさん作ったオニギリは、あっという間に半分なくなってしまった。

水を飲んだ彼らの顔に、みるみる生気が甦る。

「美味しいってすごいんだな……元気が出てきた」

交替した男性たちもまたたく間にオニギリを食べてしまった。口々に「美味い！」「力が出る！」と叫び、水を飲み干す。

ノノの傍らで食べ終えたボワンが、しみじみと息をついた。

「美味しい。ただそれだけで、こんなにも安心できるなんて……ありがとうノノ」

その時だ。

「おい！　手が見える！」

イアージが飛び上がった。全員がいっせいに顔色を変え、倒れた木の根元に駆け寄る。

「木と地面の間に挟まってる、早く引きずり出せ！」

数人の男性らが木に組み付き、押し上げる。「出せ、出せ！」その怒号に合わせ、ドランが根元の泥の中に手を突っ込んだ。

「サッス！」

泥のかたまりのようなサッスの身体がずるりと現れた。わあっと歓声が上がる。待機していた町医者のザーグがあわてて彼の胸の動きや呼吸を確認し、怒鳴った。

「息がある、早く診療所へ！」

「馬車を向こうに待たせてあります！」

マユーラが叫んだ。木と布で作った即席の担架に乗せられ、サッスが運ばれていく。イアージも後を追った。

よかった。息がある。ノノはほっとその場に座り込んだ。マユーラがそんなノノの肩にぽんと手を置いた。

「お疲れ様。ノノ」

どどどど、というエンジン音が鳴り響いた。ぎょっと振り返る。

道を進んでくるヘッドライトが山中の闇を割った。泥だらけの面々を照らし出す。ボワンが憤った声を上げた。

「山崩れがあったばかりのところに自動車で乗り込むなんて……非常識な！」

ノノたちの手前で停まった自動車からザムイが降りてきた。道をふさぐ倒木を見て大げさに肩をすくめる。

「町長から連絡をもらってね。サッスとは途中ですれ違ったよ、いやぁ助かってよかった。しかし大雨が降った後に山を越えようとは、なんておろかなことを」

サッスがなぜ山を越えようとしたのか。理由は薄々気付いているはずだ。のらりくらりとしたザムイの態度に、誰もがぎりりと歯を食いしばった。

ドランが冷静な声で言った。

「ザムイ。これでも鉄道を通す気か。地盤がゆるい。大規模な工事なんてしてみろ。山全体が崩れて、どんな事故が起こるか分からない」

「それは違うぞドラン。言わば、強く太い梁で山を補強するんだ。むしろ安全になる。それに、鉄道が通れば今よりもっと訪れる人が増える。エターノスが潤う！」

「昔からの住民を追っ払ってな」

一人が発した声に、ザムイはぴくりと眉を動かした。

「はん！　そうなりたくなかったら努力したまえよ。観光地としてますます発展したら、様々な業者、資本が食い込んでくるのは当然だろう」

「その業者とやらも、全部ザムイ一家の息がかかっているんだろうが！　貨物を独り占めして、俺たち庶民の生活を先細らせて！」

「力のないものが淘汰されるのは自然の摂理だ！　やれやれ。ドラン。君も同じ考えか？」

にやにやと笑うザムイがドランを見る。ドランは無言だった。

ぴんと張り詰めた空気が漂う。この場にいる全員が、ぐっと息を詰めた。

ふん、と肩をそびやかし、ザムイが一同を見回した。

「ではこうしよう。三日後、『パズー鉄道会社』の視察団が来る。社長じきじきのお出ましだ」

「……」

「視察団の方々に、『ガラリヤ』と『アルカス』にそれぞれお泊りいただこう。その上で、どちらがエターノスの代表にふさわしいか決めてもらおうじゃないか」

　ざわりと一同が顔を見合わせた。

　ザムイが続ける。

「そして負けたほうがエターノスを去る……どうだ？」

「なんだって！」

　ボワンを始めとした男性らが声を上げげた。ノノの全身から血の気が引く。

　去る？　負けたら？　エターノスを出ていく？

「いいだろう」

　すると、ドランの低い声が響き渡った。暗い闇をはね返す、強い声音。

「その勝負、受けよう」

「ドラン！」

「そうこなくっちゃ！　楽しみだなあドラン。正々堂々と戦おう。互いの矜持を賭けて」

「その通りだ。俺は決して立ち退かない。いくら金を積まれても」

　はっとノノは目を見開いた。

一転、余裕綽々だったザムイが目を泳がせ始めた。

「な、何を？　何を言い出すんだ？」

「昨日、お前は俺に言ったたな。〝勝負を持ちかけるから、わざと負けろ。そして『アルカス』の土地を俺に明け渡せ。そうすれば大金を支払ってやる〟」

ボワンたちが眉をひそめた。ザムイが口をぱくぱくとさせる。

「俺たち一家を力づくで立ち退かせたら、さすがに外聞が悪いからな。だからわざと勝負を仕掛けて俺に負けさせ、あの土地を手に入れようとした」

「おい！　ザムイ、本当かそれは！」

「金だと？　奥さんの体調が悪いことにつけ込んで……どこまで卑劣なんだ！」

非難を浴びたザムイが目を白黒させた。

「ドラン、き、貴様……金が欲しくないのか！　女房を見捨てる気か？　治療を受けさせたくないのか！」

「昨日までの俺なら、お前の申し入れを受けていた。が、今は違う。お前にエターノスは任せられない。何より、俺は妻と娘を失いたくない」

「だから、治療を」

「二度と顔向けできないような生き様を、妻と娘に見せられないということだ！」

怒号が山に響いた。父さん。ノノの胸が熱くなる。

ぎりりと顔をしかめたザムイがきびすを返した。ドランに指を突き付け、吠え立てる。

「貴様……必ずつぶす！　あんなちっぽけな宿、必ずつぶしてやる！　後悔するな！」

そう怒鳴ると、取り囲む男性らを押し退けて自動車に飛び乗った。乱暴に発車した車がまたたく間に山道を走り去る。

しばし、誰もが無言だった。ざわざわと木々の梢が鳴る。けれどそれは不気味なものではなく、熱く高まった男たちの気持ちを鼓舞（こぶ）するものだった。

「帰ろう。エターノスへ」

ドランが力強い声を上げた。とたんに、全員がいっせいに彼に倣った。

「ああ。戻ろう。そして必ず勝つ！」

「エターノスを取り戻す！」

声が山中に響き渡る。誰の表情も明るく、そして決意に満ちていた。そんな光景を見つめていたノノに、マユーラがささやいた。

「やっぱりカッコいいな。ドランさんは。ノノのお父さんは」

うん。震える足を踏ん張り、胸を押さえた。父が誇らしい。みんなが誇らしい。

やろう。頭の中の女の人とともに、強く誓う。

エターノスを、一緒に取り戻そう。

◇最強の食材　大豆の晩餐！

　翌日。昼前の『アルカス』に、町長を始めとした数人の男らが突然踏み込んできた。食堂で視察団に出すメニューを考えていたノノとドランは、驚いて顔を上げた。

　くるりと弧を描く口ひげを撫でながら、町長のロンドが言った。

「ドラン。君の宿屋で扱っている食材に食中毒の恐れがある。没収するよ」

「食中毒？」

　男たちが厨房にずかずかと入っていく。「待て！」、ドランが立ち上がった。そんな父の肩をロンドがガッと掴む。

「今度視察団の方々がいらっしゃるだろう？　少しでも疑いのあるものは出されては困るのだよ」

「町長。あんた……ザムイに言われたな？」

　ぎりりと眉をひそめたドランを見て、ロンドは鼻先で笑った。

「君も大人になりたまえよ。エターノスの未来を本当に考えているのはどっちだ？」

「一部の連中のみが利権をむさぼる、しかも危険極まりない鉄道を通す……このやり方がエターノスのためになるとでも言うのか！」

「君こそ、『アルカス』を手放したくなくて駄々をこねているだけだ」

　厨房の棚という棚から、保冷箱の中から、男たちが食材を抜き取っていく。ノノは目を見張った。

「牛乳やバター……鶏ガラに卵まで？」

　ノノは彼らの前に立ちふさがると、必死に叫んだ。

「やめて！　そんなことをされたら何も作れなくなる！」

　しかし、彼らはノノを押し退けて出ていってしまう。「待って！」追いかけようとあわてたノノは、足をつまずかせて転んでしまった。

「ノノ！」

　騒ぎに気付いたマユーラが食堂に飛び込んできた。転んだノノを抱き起こしてくれる。

　ああ、とノノはマユーラの腕の中で悲鳴を上げた。

「そんな……何も作れない！　こんなんじゃ、何もできない！」

「おっと、そうそう」

　悲痛なノノの叫びとは裏腹に、ロンドがやけにのんびりとした声を上げた。

「今日やって来る定期貨物船、君らは上船できないからね」

「何？」

低くうめいたドランに続き、マユーラが叫んだ。

「どういうことだ、それは！」

「君たちは食中毒を疑われているんだよ。念のためさ。これもエターノスを守るため」

「貴様……！」

整った眉根をひそめ、マユーラが顔を歪めた。憤りに血の気が失せている。

「視察団がやって来るのは明後日だ。ノノたちに料理を作らせない気か！」

「そこは創意工夫だろう。ただし、町の商店での買い物は許可するよ。あまりにみすぼらしいものを出されても、それはそれでエターノスの恥だからね」

「……」

「ああでも、町の連中に卵だの小麦だの、こっそり融通してもらおうなんて考えないほうがいい。彼らにまで何らかの累が及ぶのは本意ではないだろう？」

ぐぐ、とドランが歯ぎしりした。ロンドがふふんと笑う。

「まあ頑張りたまえよ。何しろ、ここは『新しくて珍しい料理を出す宿屋』なんだからな」

そう言い捨てて笑うと、ロンドは悠々とした足取りで宿から出ていった。残された三人は、彼らの足音が去っていく気配を呆然と聞いていた。

「そんな。そんな……！」

まだ震えの治まらない手でマユーラにすがり付いた。彼がぎゅっとノノを抱き返す。

「……許せない」

低いマユーラの声がノノの全身に伝わる。やがて、彼はそっと身を離すと、ノノをじっと覗き込んできた。

「ノノ。ちょっと、出かけてくる」

「えっ？」

マユーラが立ち上がった。黒く美しい瞳が、どこか遠くを見やる。

「マユーラ？」

振り返ったマユーラが淡く笑んだ。

「帰りは、ちょっと遅くなるかもしれないけど」


息せき切って現れたマユーラを、フレアは目を細めて見た。

「これ。ユカタの製図。サムエが評判になっているから、『ガラリヤ』でも作ればきっと話題になる」

差し出した紙を、フレアは無言で受け取った。広げた紙面をじっと見つめる。

『ガラリヤ』内の特別縫製室だった。フレアを訊ねたマユーラは、まずはこの部屋に通された。宿屋内で出している洋服店の採寸から服作り、試着まで一手に行う部屋のようだ。壁の一面は大きな鏡張りで、入口の左手には見本や試着用の服、そして色鮮やかな生地がずらりと並んでいた。

フレアが顔を上げ、マユーラを見た。

「私にくれるものは、これだけ？」

「……いや。僕がここの専属になる。だから……ノノたちに、食材を返して」

冷ややかな目つきのフレアに向かい、マユーラは必死に訴えた。

「貨物船で買い付けできない、乳製品も鶏肉も使えない、砂糖もないなんて勝負になるはずがないだろ？　頼むからノノにちゃんとした料理を作らせて」

「その代わりに、お前は『ガラリヤ』の専属になると」

「なるよ。あんたのために服を作る。だから」

必死の形相のマユーラを、ふん、とフレアは鼻で笑い飛ばした。製図を折り畳む。

「どちらにしろ、お前はここに来るのが正解よ」

「え」

「パパはどうあっても『アルカス』を……ドランやノノを許す気がないもの」

さっと血の気が引いた。

スカートをふわりとひるがえし、フレアがきびすを返した。

「とはいえ、感謝して欲しいくらいよ。パパはドランたちを無一文で放り出すわけではないもの。それなりの額の金は与えるつもりよ。奥さんの治療費の足しにはなるでしょ」

「……」

「お前には明日から早速、『ガラリヤ』のお客様のために働いてもらうわ。店を持たせるかどうかは、その成果次第よ」

そう言うと部屋から出ていった。「待て！」扉に駆け寄ったマユーラの目の前で、がちりと鍵のかかる音がする。えっ！　マユーラは仰天した。

閉じ込められた？

とっさに扉に体当たりした。

「出せ！　くそっ……食材を返してくれって言ってるだろ！　なんでもするから……これから一生、あんたや『ガラリヤ』のために服を作るから！」

しかしどんなに扉を叩いてもわめいても、なんの反応もなかった。疲れ果てたマユーラは、とうとうその場にしゃがみ込んでしまった。

バカだ。フレアの甘言に乗って、ユカタの製図まで渡してしまった。くそっ！　頭をぐしゃぐしゃとかきむしる。

ノノ……！

その時、がち、と開錠する音が響いた。はっとマユーラは振り返った。

扉が細く開かれる。息を呑むマユーラの目の前で、男が一人するりと入ってきた。

ドランと同じ年頃の男に見えた。真っ白な調理服姿。料理人か。

男はシッと唇に指を当てると、ささやくように言った。

「お静かに。顔見知りの清掃人に鍵を借りたのです」

「あ、あなたは」

「スペンと申します。『ガラリヤ』の料理長をしております」

料理長。ぽかんとするマユーラに構わず、スペンは彼を手招いた。

「話は聞いています。早く港に行きましょう」

「え」

「私とであれば、上船できるはずです」

ぱっと目を見開いた。なえていた足に力が入る。飛び上がるように立ち上がった。


潮の匂いに喧騒が混じる。近付いてくる貨物船を前に、マユーラははらはらと周囲の海原を見た。そんな彼をスペンが小声でたしなめる。

「そのようにきょろきょろなさらず。不審に思われますよ」

護岸と船の間を行き来する小舟ががくんと揺れた。「うわっ」と叫びかけたマユーラはあわてて口をふさいだ。

　縫製室にあった女物の服を着て、薄いヴェールをかぶっていた。裾が長く、袖回りがふわりと広がったデザインの服を着たマユーラは、黒髪も相まって、異国の貴婦人といった風情だ。

「まさか曲芸団をやめてから、女装する日が来るとは」

「そのほうが怪しまれません」

　一方のスペンは料理人の制服に上着を羽織った格好だった。女装したマユーラを連れた彼は、帳場でこう言ってのけた。

「知り合いのご婦人に町の中を案内いたします」

　高級宿お抱えの料理長の威光は大したもので、おかげでマユーラはまったく怪しまれずに『ガラリヤ』を出ることができた。そして今、こうして貨物船に向かっている。

「今日やって来る貨物船に、東の国の行商人が乗っているとノノが言っていたんです。頼んでいたものを持ってきてくれるはずだと」

「それは一体なんです？」

　さあ、と首を傾げたマユーラは、貨物船を見上げているスペンに訊ねた。

「あの。なぜ助けてくださるんですか」

　ふっとスペンが息をついた。神経質そうな佇まいの中に、ほのかな柔らかさが宿る。

「私は誰よりも牛肉を知り尽くしているという自負があります。ですが……あの子が作ってくれたものは、驚き以外の何ものでもありませんでした」

「驚き」

「なんでもないものに新たな光を当て、魔法のように使いこなしてしまう。彼女の手にかかると、食べ物が別の表情を見せて輝き出すのです」

「……そうですね。僕も、いつも驚かされてばかりいます」

「彼女は新鮮な刺激や驚き、発想をくれた。まるで女神のようだ。だから……こんな卑劣な手は許せません」

「ぼ、僕にとってもそうですよ！　ノノは置いていかれた僕に役割をくれた。できることを与えてくれた」

マユーラの言葉を聞いたスペンの口元に、淡い笑みが浮かんだ。

横づけされた小舟から貨物船に乗り込んだマユーラは、あわてて甲板を見回した。隅にぽつねんと立つ黒髪の行商人を見つける。

行商人は、マユーラとスペンを見て驚いた顔をした。

「あの不思議なお嬢ちゃんじゃねえんですね。今日はもう来ないのかと思ってましたよ」

「ノノの代わりに来ました。彼女があなたに頼んだものがあるのでしょう？」

一瞬、目を細めた行商人は、すぐににんまりと笑った。細い三日月みたいな目がほとんど糸のようになる。

「はい。お嬢ちゃんに頼まれていたもの、お持ちしましたよ」

またもにんまり笑った男が頷く。顔立ちはまるで違うのに、自分と同じ色を持つ男に向かい、マユーラも大きく頷いた。

丸い粒々がぎっしり詰まった麻袋を背負い、マユーラが戻ってきた。その恰好に仰天する前に、ノノは袋の中身を見て目を見張った。

「これが」

大豆

「ダイズ」

「ダイズ……？　どうやって使うんだ」

ドラン、そして駆け付けたライラやイアージ、ティーナたちも袋を覗き込む。

何でも作れる

　できる　やれる

「なんでも……」

　胸にそっと手を当てた。熱い気持ちが込み上がってくる。

　おもてなし
　やろう

「やろう！」

　頭の中に、料理の姿がどんどんあふれ返る。できる。やれる！

「おばあちゃん！　イアージ！」

　二人を振り返った。ひえっとライラが飛び上がる。

「町のお店では買い物していいって言われた。これから買いに行く」

「あ、あぁもちろんさ。何が役に立つか分からないから、色々と仕入れてあるよ」

「それと港にも行かなくちゃ。またイワシが必要なの」

　力がみなぎる。脳裏に現れては消える料理の姿をとどめようと、ぐっとこぶしを握った。

「父さん。明後日、視察団が来て『ガラリヤ』に泊まる。『アルカス』に来るのは次の日。

今日と明日、明後日、考える時間は三日ある。今ある食材でメニューを考えよう」

「小麦や砂糖、乳製品がなくても？」

「できるよ。塩は残ってる。東の国の食材もある！　牛肉も鶏肉もなくても、立派な料理ができる。それを証明してみせる」

一同が顔を見合わせる。目に見えない熱い気持ちが、互いを繋いでいるのが分かった。

その時、玄関のほうで人の気配がした。出てみると、帳場の机の上に籠が一つ置いてある。中にぎっしり詰まったものを見て、ノノは声を上げた。

「卵！　どうして？　一体誰が」

「ああ……きっとスペンさんだね」

マユーラの言葉に、ノノは驚いた。

「スペンさん？　『ガラリヤ』の料理長の？」

「うん。きっと卵だけでもって思ったんだよ。だから持ってきてくれたんだ」

どうしてマユーラにはそれが分かるのか？　そう思いながらも、ノノはスペンの神経質そうな細面を思い出した。瞳の奥には柔らかい光が灯っていたことも。

ありがとうございます。胸の内でそっとささやき、みんなを見回した。

「父さん、みんな、協力して。お客さんに喜んでもらえるおもてなしをしよう！」

二日後の夕刻、『パズー鉄道会社』の視察団がエターノスに到着した。

社長を始めとした幹部陣を乗せた自動車が、延々と連なって町中を行く様は祭りのようだったという。

「もう『ガラリヤ』の周辺だけお祭りみたいな騒ぎだよ。そうだ、鉄道会社の社長って女らしいぜ。おっかねえバアちゃんなんだって」

鶏肉を卸しに『ガラリヤ』に行ったイアージが、わざわざ『アルカス』に立ち寄って教えてくれた。いつになく仰々しい雰囲気に、町の住民も観光客もそわそわと浮き足立っているらしい。

一方、『アルカス』の周辺には町長の手下がウロウロしていた。町のみんなが鶏肉や乳製品をこっそり渡さないよう、見張っているのだ。

そんな彼らを横目で見ながら、イアージがけっと吐き捨てた。

「ノノ。明日、みんな手伝いに来るからな。『ガラリヤ』になんか負けられない」

力強い友人の言葉にノノも大きく頷いた。去っていく彼を見送ってから、さて、と厨房に戻る。

一昨日から、一行をお迎えすべくメニューを考え続けていた。作っては試食を繰り返し、今も厨房に籠もりっぱなしだった。

明日の晩、『パズー鉄道会社』の社長と幹部二人が『アルカス』に泊まる。この社長が女性であるというのは父から聞かされていた。共同創始者だった夫の亡き後、一人で会社を大きくした女傑（じょけつ）であると。名はアリータ様。彼女たちのために、夕食、そして翌日の朝食を用意しなければならない。

母のミーシャは小康状態を保っていた。熱は上がったり下がったり、不安定だが時々は目を覚ます。母のためにも、なんとしても勝ってみせる。

調理台の上に広げた帳面の前に座り、はあ、とため息をついた。仕込みは着々と進んでいる。が、どうしても、イメージ通りの具材が決まらない。ゴハンの上に乗せるもの。

帳面には、ノノの（というより頭の中の女の人の）作りたいゴハンのイメージ図が描かれていた。それを前に考え込んでしまう。

「確かに豪華で見栄えがするけど……こんな形、何で作れる……？」

うんうんと厨房で悩んでいたノノの背後を、ドランが通った。めったに見ない正装姿。

これから『ガラリヤ』に行くのだ。視察団が主賓の晩餐に彼も招かれている。代わりに、ザムイも明日は『アルカス』の夕食を食べにやってくるのだ。

「まだ悩んでいるのか」

ノノが描いたイメージ図をドランが覗き込んできた。

「うん。どうすればこんな形にできるものがあるかなあって……野菜でもいいけど、それじゃ味気ないでしょ」

　しばらく、じっと帳面を見ていたドランが顔を上げた。

「できるかもしれない」

「え？」

「晩餐が終わったら、その具材を買って帰る。今夜、それで試しに作ってみよう」

　ぽかんと父を見た。ドランは「行ってくる」と言うと厨房を出ていった。できる。父の声が、残されたノノの身体にじんわりと沁み入った。

　厨房の窓を見た。赤い夕陽が射し込んでいる。冬の太陽が海に沈んでいる光景を脳裏に思い浮かべた。明日だ。ノノは知らず、ぐっと唇を噛んでいた。

　真っ赤な色は、不安や希望を突き動かす、情熱の色。


　翌日の朝。

　マユーラが作ってくれたサムエを着て、鏡の前で髪を結い上げた。おだんごにした髪に斜め上からカンザシを挿す。端切れをごちゃまぜにした色合いが頭の横で鮮やかに揺れた。

　今日は運命の日。よし。気合を入れ、ぱんと頬を両手で叩いて部屋を出た。厨房に入る。

　厨房には、夕べ煮たダイズの甘やかな匂いがほのかに漂っていた。ノノはざるに上げた大量のダイズを見つめた。そっと胸をさする。

今日はお願い。『アルカス』のために。エターノスのみんなのために。

私も精一杯やる。

厨房にドランが入ってきた。「おはよう」と声をかけてから、「母さん、今朝は熱がない」とつぶやいた。ノノがホッとしていると、静かに続けた。

「今日は頼む。ノノ」

真剣な声音の父を見た。その茶色い瞳を真っ直ぐ見つめ、頭を下げた。

「よろしくお願いします！」

まずはざる一山分あるダイズをすりつぶしてもらう。ドランが茹でたダイズをすり鉢に入れ、すりこぎですり始めた。黙々と作業する父の傍らで、ノノは玉ねぎをみじん切りした。そのうちの一部を水にさらしておく。

それから、夕べのうちに茹でてつぶしておいたかぼちゃを保冷箱の中から取り出した。保冷箱には、山中にある氷室から調達した氷が新たに詰め込まれている。

かぼちゃもたまに定期船で運ばれてくるものの、ほとんど顧（かえり）みられたことのない野菜だった。原因はやはり皮の厚さ、硬さにある。

しかし、今回のメニューを考える過程で、この一見無骨な野菜が割ると驚くほど鮮やかな橙色（だいだいいろ）をしており、さらには美味しいということを発見した。いける。そう感じたノノは、今回のメニューに採り入れることにしたのだった。

水にさらした玉ねぎの水気を十分に切り、つぶしたかぼちゃに混ぜ込んだ。そしてかぼちゃの甘みを消さないよう、塩、コショウ、これも夕べのうちに作っておいたマヨネーズを混ぜ、慎重に味を調えていく。

「スペンさんに感謝しなくちゃ……卵がなかったら、マヨネーズも作れなかった」

昨日は酢の代わりにレモン汁を入れた。ドランに力強くかき混ぜてもらったおかげで、もっちりとしたマヨネーズが出来上がっていた。

「かぼちゃサラダ完成！」

出来上がったサラダを陶器ボウルごと保冷箱に入れておく。

「次は、ダイズの煮汁」

ダイズを煮た汁を鍋に入れ、じゃがいも、トマト、スライスした玉ねぎを入れて煮込んだ。柔らかくなってきたところで、これもダイズで作ったトウニュウを入れていく。

昨日、一日漬けたダイズをドランとマユーラにねっとりするまですりつぶしてもらい、さらに水を足して漬け水ごと鍋で煮立てた。それを布巾でこし、絞ったものがこのトウニュウだ。

野菜とトウニュウを弱火で煮立たせながら、塩コショウ、さらに味見をしつつミソを加えていった。味を調え、火から下ろす。

「よし。これはこんなものか、ノノ」

ドランがふう、と息をついた。さすがのドランも、この量のダイズをすり続けるにはいつも以上の根気と体力が必要なようだ。ノノは程よい形の残るダイズを見て頷いた。

「ありがとう父さん。昨日作ってみて、やっぱりこのメニューには、豆の形が少し残っていたほうがいいみたいだったから」

「次にするダイズは、完全につぶしたほうがいいんだな？」

「そう。そっちは粒が見えなくなるまでお願いします」

よし、と肩を回したドランが、もう一つのすり鉢に新たなダイズを入れてすり始める。

ノノも次のメニューに取りかかった。

大きめの陶器ボウルにすったダイズ、みじん切りした玉ねぎとショウガ、砕いた丸パンのパン粉、卵、ミソ、塩コショウ、白葡萄酒、ショウユを入れた。昨日何個も作って試食しては、味を整えた分量の材料だ。

ダイズと玉ねぎはしっかり均等に混ぜる、パン粉は少量でも十分味わいが出る、卵は多過ぎるとべちゃべちゃになる、ミソでコクを出すので、塩コショウ、ショウユは控えめ……これらを一気に混ぜ込む。

混ぜ込んだ生地を一握りずつ丸い形に固め、平皿に並べていく。あとは時間が来たら焼けばいい。

「ノノ！」

食堂のほうで声が上がった。厨房にイアージが駆け込んでくる。

「俺、手伝うことあるか」

「あるある。じゃがいもすって！」

「またそれか」

「その後は、じゃーん、これ。これをつぶしてもらいます！」

言いながら、調理台に山積みされているバナナを指した。イアージが首を傾げる。

「果物屋のオヤジも不思議がってたよ。バナナなんかごちそうになるのかって。しかも皮がちょっと黒くなってるやつを欲しがるなんてって」

「ふふ。これがいいの」

「あー、来たねニワトリ君。はい、これは君の分。サムエ着て」

マユーラも顔を見せる。手には濃紫と灰色のサムエがあった。

「え、俺も着るの？　なんか恥ずかしいよ」

「ハァ？　僕の作った服が恥ずかしいとかあり得ないわ。今日、君は『アルカス』の一員なんだから。みんなこれを着るの！」

朝からボワン家三姉妹、ライラの娘二人も宿中の掃除や洗濯をしてくれている。

もちろん、彼女たちにもサムエを着てもらっていた。同じ服を着て働く、ただそれだけでいつも以上に一体感が出る。ノノはマユーラを見た。

「ありがとうマユーラ。マユーラのおかげで、みんなが楽しく働けるんだよ」

言われたマユーラがほのかに顔を赤らめた。頭をかきかき、つぶやく。

「僕、ずっとここにいたいんだ。『アルカス』がなくなるのは困る。だから……僕にできることはなんでもするよ。ノノ」

なぜかイアージが、ち、と唇を尖らせた。

「ふん。カッコつけて」

「あ。やだやだー。嫉妬？　子供だねえ」

「は、ハア？　し、ししし嫉妬？　んんんなわけないだろ」

「ちょっと二人とも！　まだやることいっぱいあるんだからね！」

ノノの声が厨房に響いた。あっという間に、全員が笑顔になる。

刻一刻と、視察団の人たちがやって来る時間が迫ってくる。怖い。けれど、どこかワクワクしていることにノノは気付いた。

早く私たちのお料理を食べて欲しい。

早く『アルカス』に来て欲しい！

夕刻。

夕食の準備はほとんど終えた。明日の朝食の仕込みのための買い出しも済ませた。一日手伝ってくれたみんなは、先ほど全員が帰っていった。

「信じてるから。ノノなら……『アルカス』なら、きっと視察団の人たちを喜ばせることができる」

「ノノ。また明日な」

見つめ合ったティーナ、そしてイアージが大きく頷いた。ノノも強く頷き返し、帰っていく大切な友人たちに手を振った。

「ありがとうみんな！　また……また明日ね！」

明日も。明後日も。私はエターノスにいる。ここにいる。みんなと一緒に。

そうして今、ノノは海に沈んでいく夕陽を岬の突端から眺めていた。赤い夕景。つい、上を見上げて鳥の姿を探してしまう。まただ。苦笑しつつ胸を撫でた。

「今日はありがと。たくさん作ったね。あなたも満足した――」

手が止まった。

「……ねえ。満足したら、あなたはどうするの。これからもずっと一緒にいられるの？」

「何をしているのです？」

声が上がった。えっ？　振り返ったノノは息を呑む。

一人の老婦が立っていた。頭の後ろできりりとまとめた銀髪に赤い夕刻の陽が映えている。痩躯にまとった丈の長い薄紫色のワンピース、羽織った黒いコートも一目で高級なものだと分かった。

じっと前を見据える目は無表情に見えた。「あの」とノノが口走った時だ。

どん。

心臓が激しく波打った。「！」、思わず胸を押さえる。

――……あちゃん

「え？」

頭の中の女の人が、何か言っている。けれどそれきり、何も聞こえなくなる。代わりに、速くなる動悸に合わせ、手足の先から血の気が引いていった。

老婦はまるで無表情な顔つきで口を開いた。

「そんな崖っぷちに立っていては危ないでしょう。あなたに何かあったら、嘆く方がたくさんいらっしゃるのでは？」

「は、はい」

答える声が喉に引っかかる。一体どうしたの？　ノノはまた胸を押さえた。

「今夜世話になる、『パズー鉄道会社』のアリータと申します」

鉄道会社！　視察団！　社長さん！

一瞬声が出なかった。が、ここで失礼があったら、『アルカス』そのものの評判にかかわる。ノノはあわてて頭を下げた。

「お待ちしておりました。『アルカス』のノノと申します。『パズー鉄道会社』のアリータ様。いらっしゃいませ！」

返事がない。おそるおそる顔を上げると、アリータは崖の上から見渡せる海に見入っていた。

「噂通り、素晴らしい景観です。『ガラリヤ』の客室から見る景色も悪くなかったですが」

「は……ありがとうございます」

「ノノさん。本気で『ガラリヤ』に勝てると？」

ぐ、と息を詰めた。そんなノノをアリータはやはり感情を窺わせない目で見ている。

何か最良の答え。失礼のない答え。と考える前に、きっぱりとした言葉が口をついて出た。

「はい」

「設備も料理の豪華さも、まるで規模が違うようにお見受けいたします。それでも？」

「確かに私たちの宿屋はささやかです。ですが……お客さんに喜んで欲しいという気持ちは、負けません」

「……」

「心より歓迎いたします。アリータ様。『アルカス』の一日が最高のものになるよう、精一杯努めます」

アリータの視線に夕陽が溶け入った。その表情が、かすかに和らいだ気がした。

自動車のエンジン音が聞こえてきた。見ると、二台の車が坂を上ってくる。

ちらと音のほうを見たアリータがつぶやいた。

「自動車は好きではないので。だから私だけ歩いてきたのです。夕食まで、少し客室で休ませていただけますか」

「はい、もちろん！」

先に立ち、宿を回り込んで正面玄関へと出た。帳場にはドランとマユーラもいる。

「いらっしゃいませ。アリータ様」

頭を下げた二人を見て、アリータは小さく頷いた。

「あなたが『アルカス』のご主人、ドランさん」

「はい」

「よろしく。今日は楽しみにしていました」

それから、彼女は三人を順々に見た。

「その制服。非常に印象に残りますね。とても素敵ですよ」

マユーラの表情が、かすかに上気したのが分かった。

帳場の右手にある階段から二階に上がり、アリータの部屋に通した。石造りの部屋に、ベッド、小箪笥、書き物机、洗面台があるだけの質素な部屋だ。

豪勢さで比べれば、『ガラリヤ』とは雲泥の差がある。トイレは共同だし、水が部屋ごとに出せる設備ではない。洗面台には水を張ったボウルが置かれているだけだ。

それでも、ティーナたちが念入りに掃除してくれたおかげで、寝具やクッションの清潔さ、カーテンやクロス、窓辺の小さい花瓶に活けられた花の色合いなどが心地よい。

部屋を見回したアリータが、窓辺の花を見てつぶやいた。

「その白い花。私の娘と孫娘も好きでした」

「娘さんとお孫さん」

「先立たれましたが」

唐突な言葉に息を呑んだ。アリータが無表情のまま振り返る。

「よい部屋です。落ち着きます」

「あ、ありがとうございます」

頭を下げたノノを見て、アリータがかすかに笑んだ。

「新しくて珍しい料理を出す宿屋……期待しています」

どん。また胸が痛いほど動悸を打つ。う、とうめきそうになりながら、ノノは答えた。

「喜んでいただけるものを準備いたしました。楽しみにお待ちください！」


夜。

食堂に人が集まってくる。

『パズー鉄道会社』の社長アリータと幹部の男性、町長のロンド、ザムイ、そしてフレアという面々だった。

おや、とノノは目を凝らした。確か、お泊りになる視察団は全部で三人と聞いていたが。

アリータが振り向いた。「あと一人いるのですが、遅れているようです。今夜はもう到着しないでしょう」

「そうでしたか。分かりました」

「まったく。あちこちふらふらと。困ったものです」

そう言う彼女の声音は、かすかだか柔らかく聞こえた。

「あ」

すると、マユーラを見たフレアが眉をひそめた。とたん、彼が逃げるように奥に引っ込んでしまう。フレアはふんとそっぽを向いた。

「お前なんか、後悔して泣きついてきたって金輪際お断りって伝えて」

え？　いつの間にこの二人、顔見知りになっていたんだ？　そう思いつつも、ノノは「分かった」と答えた。

『アルカス』の食堂は久しぶりににぎやかになった。

席に着いたザムイが、早速アリータに話しかける。

「こちらの宿屋の客室は、『ガラリヤ』の風呂くらいの大きさしかないのでは？」

幹部やロンド、フレアがどっと笑う。アリータだけが表情を変えずに黙っている。狭くて悪かったたな！　彼らの笑い声を聞きながら、ノノはそっと振り返った。

調理台には準備した夕食の品々が並んでいる。大丈夫。自分に言い聞かせる。ドランが一品目のトレーを手にした時だ。

怖い

頭の中で声が響いた。「えっ！」、ノノは小さく叫んだ。

また悲しませたら　怖い

悲しませる？　怖い……？　アリータを見た時から、頭の中の女の人は黙りこくっていた。胸の中がずっと重い。ノノはそっと語りかけた。

「悲しませるって……アリータ様？」

似てる　美味しくなかったら　悲しませる　怖い
足が前に進まなくなった。手足まで重くなる。あ、とあえいだ。奇妙な娘の様子に、ドランが眉をひそめた。

「わ、私だって、怖いよ」

言葉が口をついて出た。ずく、と胸が疼く。

「失敗したらどうしよう、お気に召さなかったらどうしようって思うとすごく怖いよ。だけど、それよりもっと、喜んで欲しいんだ」

重たい手足の先に、血が通い始める。

「あなたが考えてくれた料理だよ。そのお料理で、お客さんが喜ぶ顔、見たくない？」

……

「私も一緒だよ。だから、やろう。精一杯のおもてなしをしよう」

す、と足が動いた。はっと息を呑み、父を見上げる。ドランが小さく頷き、スープを持って食堂に出た。

供された皿に入ったスープを、全員が珍しげに見た。

「これは？」

「おい。この白いものは牛乳か？　誰が君たちに渡したんだ！」

スープの色を見たザムイが声を上げた。ノノは一歩前に出た。

「いえ。これはトウニュウです。トウニュウミソスープです」

「と、とうにゅ、ハ？」

「まずはお召し上がりください」

ぶつぶつ文句を言いながら、ザムイが一口スープを飲む。その目がぱっと開かれた。

「え？　これは……」

「おお。なんとまろやかなコク……未知の味だ」

「しかもほんのり甘い。なぜ？」

「ダイズを煮た汁をベースにしているからです。その汁に甘みがある」

「牛乳より重たくない。さらりとした口当たりだ」

「トマトを煮るなんて考えたこともなかった。が、酸味がこのまろやかさとよく合う！」

「まろやかに感じるのはミソです。ダイズを発酵させたもの、さらには白い液体もダイズから絞ったトウニュウです」

「ダイズ。なんだこの食材は……？」

トウニュウとミソでトマトを柔らかく煮込んだスープを全員があっという間に食べてし

まう。その表情の明るさに、ノノは手応えを感じた。ザムイとフレアも、面白くないという顔をしながらも、皿の中はすでに空っぽだった。ただ一人、アリータだけが無表情のままだ。

ザムイがことさら明るい声を上げた。

「まあ、こんなものでしょう。しかし私どもの宿屋の牛肉フルコースには到底及びませんよ」

「メインはあるんでしょうね。まさかスープを出して終わりじゃないわよね？」

フレアが冷ややかにノノを見る。が、その頬はスープの温かさに上気していた。

「はい。次はこちらです」

言うと同時に、ドランが人数分の料理を乗せたトレーを手に現れた。それぞれの前に大皿に乗せたメイン料理を出していく。ザムイが目を見張った。

「肉？」

「この添えられたはちみつ色のべちゃべちゃしたものはなんだ？」

「こちらは肉ではありません。ダイズハンバーグです。添えたのはかぼちゃサラダ」

「またダイズ」

「かぼちゃって……あの、ごろごろと大きい、皮が岩のように硬い野菜？　そういえば、わざわざ食べたことがない」

「ふん、こんな得体の知れないものがメインとは」

ナイフとフォークでハンバーグを切り分ける。口に入れた町長が「ん！」と叫んだ。

「噛み応えがすごい。え？　これは肉ではないのか？」

「はい。先ほどのミソやトウニュウの原料であるダイズです。細かくして玉ねぎやパン粉と混ぜ、肉のような食感を作りました」

「しかも塩味やピリッとした辛みもある。噛めば噛むほど、色々な味が口の中に現れる」

「塩だけでなく、白葡萄酒にコショウ、ショウガ、ミソ、ショウユも入っています。ピリッとする味わいはコショウとショウガです」

「しかしいやな辛さじゃない。むしろダイズの豊潤な旨味を引き立てる辛さだ」

「それにしても食べ応えがある。もうお腹がいっぱいだ」

「では、こちらは？」

幹部がかぼちゃサラダを口にした。「おお」と感嘆の声を上げる。

「こちらはまた違う味わいだ。かぼちゃとはこういう味なのか。甘みが深い」

「しゃきしゃきと歯応えのある玉ねぎの甘さが爽やかだ」

「ちょっと酸っぱくて……ダイズハンバーグと交互に食べると、両方に飽きがこない」

「これは食が進む！　驚きだ！」

彼らの表情がどんどん明るくなる。フレアが目をきゅっと細め、ノノを見た。

「これ。マヨネーズ使っているわね。『ガラリヤ』のものだから使うなと言ったのに」

「う」

「……まあいいわ。このくらい」

そう言うと、皿に盛られているかぼちゃサラダを全部食べてしまった。ノノは内心ホッとした。気に入ってもらえたみたいだ。そっとアリータの表情を窺う。

すでにフォークとナイフを置いているが、皿の上のハンバーグやサラダはそれぞれ半分ほど残っていた。ぎゅん、と胸の中が縮み上がる。


怖い！


待って、待って。ノノはあわてて胸をさすった。

アリータの皿に気付いたザムイが、ここぞとばかり身を乗り出した。

「どうされました。やはりお口に合いませんか」

隣に座る幹部が大仰に頷く。

「まあ確かに、珍しいのは認めるが、食べたことのない味ばかりですからねえ」

「それにひきかえ、『ガラリヤ』の牛肉はいつ食べても、安定の美味しさですからな！」

ノノの顔から血の気が引く。動悸が激しくなる。

怖い　怒られる！

「……いいえ」

が、小さい声で答えたアリータが、ナプキンで口を拭った。

「食べたことがなくても、美味しいことは分かります。年寄りには少し量が多いだけです」

「聞いたかドラン、そのへんも気を遣うのがもてなしってものだろう」

「夕べ出たステーキも、私にはこの半分も食べられませんでしたが」

さっとザムイの口元がひくつく。ロンドがあわてたように取り成した。

「いや、でも美味しかったですよ」

「ええ、本当に本当に。ここの料理は確かに珍しいですが、ザムイさんのところの牛肉とはわけが違う。何より、『ガラリヤ』の豪華さといったら！」

ふとノノは眉をひそめた。本気で勝てると思うか？　アリータの言葉を思い出す。

勝負なんてただの建前。勝敗はすでに決まっているのか……？

表情を曇らせたノノを、アリータが振り返った。

「次を」

「は」

「確かに量は食べられません。ですが、次に何が出てくるか……私は先ほどから楽しみなのです。こんな気持ちは久しぶりです」

飛び上がった。嬉しさが一気に込み上げる。なえそうだった手足に再び力が入り、厨房に駆け込んだ。

「父さん、次を」

「おう」

今の今まで、盛り付けをしていたドランが顔を上げた。出来上がった料理の美しさに、ノノは目を輝かせた。

「すごい……！」

ドラン会心の一品を見た全員の驚きも、ノノの反応とまるで同じだった。ザムイとフレアでさえ「えっ！」と叫んで目を見張った。

「なんだこれは！」

「きれい！」

するりと、ノノの口から料理の名前が出る。

「〝飾り寿司〟です」

直径十センチほどの円筒形にかたどられた、薄いピンク色のゴハン。その上に黄色いふわふわとした雲のようなものが乗り、さらにその上に濃い橙色をした大きいバラの花が一輪乗っている。

「花……？　違う、これは」

「スモークサーモンです」

サーモンの薄い切り身を一枚一味重ねて組み合わせ、バラの形に見せたのだ。周囲には茹でたブロッコリーのうち、小さい房を切り出してあしらってある。

昨日、ノノの描いた「食べるバラ」のイメージ図を見たドランが、町のパブで出しているスモークサーモンを使うことを思い付いたのだ。そこで夕べ、『ガラリヤ』の晩餐に招かれた後にパブに寄り、あるだけのスモークサーモンを買って帰ってきた。

それから、ほぼ徹夜で試行錯誤し、ドランは見事この「食べるバラ」を作ったのだ。

ちなみに、下に敷いてある黄色いふわふわは、カツオブシの出汁と塩を混ぜて焼いた錦糸卵。カツオブシは、雑用的な大工仕事も請け負うドランの鉋で削り出したものだ。

ザムイが眉をひそめた。

「ん？　待て。これは卵……」

スペンさんがこっそり譲ってくれたもの。まずい。ノノが焦った時だ。

アリータがゆっくりと顔を上げ、訊いてきた。

「このピンク色の粒々は」

「あ、えっと、これはゴハンです。東の国の食べ物です！」

ことさら大きい声で答えた。ぴく、とアリータの目元が動いた。

「東の国……」

「は、はいっ。カツオブシの出汁で炊く時に、ウメボシをすりつぶして混ぜました」

「ウメボシっ？　なんだそれは？　そ、それでこんな色になるのかね、あ、味は」

「ウメボシは酸っぱい味の実です。ゴハンによく合うんです。炊き上がりにシソの漬け汁も少量混ぜたので、それでより鮮やかな色になっています。ですが、すりつぶしたゴマも少し混ぜていますし、冷めているので、それほどゴハンに酸っぱさは感じないはずです」

　はああ、と呆れたような声を幹部が上げた。よかった、卵のことはうやむやにできた。ノノは内心ホッとした。ふん、とザムイが弱くうなる。

「見た目は確かに豪華だが、味はどうなんだ」

　おそるおそる、全員がナイフとフォークで切り分ける。サーモン、錦糸卵、ウメボシのタキコミゴハンをそれぞれ口に入れる。

「むー！」

　ロンドが叫んだ。

「お、美味しい！」

「この粒々、酸っぱさが絶妙だ……しかも複雑な味わい、香りが鼻に抜ける。この黒いものは？」

「それがゴマです。それとカツオブシで取った出汁で炊いているので、その風味も残っています」

「サーモン……まさかこんな見せ方をするとは……」

「目にも美味しい！」

驚きに伴う美味しさに、一同の表情がどんどん明るくなる。皿の上のカザリズシがたちまち消える。よし！　ノノは厨房を振り返った。

頷いたドランが、最後のデザートを手に食堂に入ってきた。供された一皿を見て、一同が「パン？」と首を傾げる。

「デザートです」

「ちょっと待て！　デザート？　こ、小麦や砂糖をどこで手に入れた？」

「いいえ。そういうものは一切入っていません。これはダイズバナナケーキです」

「またダイズ！　一体なんなんだそれは！」

ペースト状にしたダイズに、同じくペースト状になるまでつぶした完熟（かんじゅく）バナナを混ぜ、卵、トウニュウ、カタクリコ、ゴマ、油を練り込んで混ぜ込んだ。丸い型に流し、最近は火も入れていなかったオーブン窯（がま）で焼き上げた。

母が元気な頃は、ドランが厨房で丸パンも焼いていた。が、彼女が倒れてからは人手が足りず、焼き上がった状態の丸パンを仕入れていた。昨日、試作のために窯に火を入れたのも久しぶりだった。

試作してみて分かったのは、ふくらみは期待できないということ。せいぜい、丸パンがちょっとふくらむくらいだ。だからバナナを多めにすることで、柔らかい食感と自然な甘さを楽しんでもらうことにした。

三角形に切り出した薄茶色のケーキを一同が見つめる。いち早く、フレアがフォークで切り分け、怖々口にした。

「あら」

一口食べた彼女の頬が上がった。口元が自然とゆるむ。

「甘い」

「ふむ。バナナに火を入れるという発想はなかったが……こんなに甘くなるのか」

「しかしダイズとは……なんなのだ？　メインだろうとスープだろうとなんにでもなる」

「いやあお腹いっぱいだ」

幹部が満足げにお腹をさすった。その様子を苦々しく見ていたザムイが、ぱんとナプキンをテーブルに置く。

「とはいえね、やはりザムイ家の牛肉には敵わんよ！　豪華さでも、栄養の面でもね！」

とたんに、幹部とロンドが顔を見合わせ「その通りですね」「やはり牛肉には」と追従した。む、とノノがこぶしを握った時だ。

「ドランさん」

父を呼ぶアリータの静かな声が食堂に響いた。傍らに立ったドランを見上げる。

「大変美味しかったです。それだけではない、驚きの連続でした。食すとはときめきでもあるのだと思い出させてもらいました」

「ありがとうございます」

「明日の朝食も楽しみにしております」

そう言うと、アリータはさっと席を立った。ほかの全員もあわてて立ち上がる。

「それでは、今夜はこれで。皆さん、お休みなさい」

「お、お休みなさいませ社長！」

「また明日、よろしくお願いいたします！」

食堂から出ていくアリータに向かって、一同がいっせいにお辞儀をした。ノノも倣う。顔を上げると、ドランと目があった。小さく頷く。

美味しかった。そう言ってもらえた。胸を撫でる。

よかった。明日の朝食も、心を尽くして用意しようね！

夜のとばりにさざ波の音が混じった。不安と、それを上回る高揚とともに、ノノの耳に沁みた。

◇幸せの朝食　エターノスの新しい始まり

翌朝。予定の朝食時間より一時間も早く、その人は現れた。ノノは驚いた。

スペンだ。厨房の入り口で礼儀正しく一礼すると、静かに話し出す。

「本日の朝食、ザムイ社長とともに私がいただくことになりました」

「え。フレアではなく？」

「ええ。おそらく、調理法を盗んで欲しいと考えているのでしょう」

率直な言葉にギョッとした。苦笑いしたスペンが、調理台に置かれている卵を見る。

「役に立ったようですね」

「もちろん！　昨日のメニュー、卵がなかったらどうなっていたか……あ、でも」

「どうしました？」

「今朝も、メインに卵を使おうと思っていたのですが……変更しようかと」

端正な形の眉をひそめ、スペンが首を傾げた。

「なぜです？」

「昨日はどうにかごまかせましたけど……もし卵を分けてもらったってバレたら、スペンさんに迷惑が」

ああ、とスペンは肩をすくめた。意外に子供っぽい仕草だった。

「そんなことはどうでもいい。私は、あなた方の料理に興味があるのです。ぜひ卵を使った料理を作ってください」

「スペンさん」

「ところで、調理するところを見学してもいいですか？」

思わず父を見た。彼は黙ってスペンを見ていたが、小さく頷いた。

「どうぞ」

「……いいのですか？　先ほども言いましたが、社長は私にお二人の調理法を盗んで欲しいと考えている」

「俺たちは自分のためだけに料理を作っているわけじゃない。喜んでもらうためです。いいものは分け合う。それがお客さんの、そして俺たちの喜びに繋がる。独自性なんぞ、みんなが平等になってから考えればいい」

「……」

「あなたが焼いた牛肉。口の中で蕩けるようでした。俺にはあんな上手に肉は焼けない」

実直なドランの言葉に、スペンの表情がみるみる柔和になった。

「ここはいい宿屋ですね」

そう言うと厨房の隅に立った。ノノとドランは支度を再開した。

ドランが開いたイワシの皮を剝ぎ、身を包丁で叩いて細かくしていく。ノノはその身をボウルに移し、塩を振ってしっかり練り込み、さらに卵白と細かく刻んだショウガを混ぜて練った。

続いて、カツオ出汁の入った鍋を火にかけた。ふつふつと沸いてきたところで、イワシのすり身を二本のスプーンを使って丸い形に作り、次々落としていく。

丸めたすり身が浮かんできたところで、ミソを加えていった。スペンが身を乗り出した。

「これは……？」

「イワシのツミレを入れたミソシルです」

「ミソシル」

「はい。あとは仕上げに刻んだナガネギを散らせば完成です。で、次は」

味を調えたミソシルの火を止めてから、じゃがいもの皮を手早く剝き、細かく切った。玉ねぎとにんじんも粗めのみじん切りにする。それらをフライパンでしんなりするまで炒め、塩コショウ、ミソで味付けしていく。出来上がったものを皿に移す。

それからボウルに卵とトウニュウ、カツオ出汁を入れて混ぜた。空いたフライパンに油を引き直し、一人分の溶き卵を流し入れる。鍋全体に広げてから、まだ火が入りきらぬうちに先ほどの具材を一人分、真ん中に置く。

　半ば火が通ったところで、手前の卵を巻いて具材にかぶせる。フライ返しで押さえて馴染ませてから、慎重に卵と具材をフライパンの端に寄せた。

　フライパンのへりに押し付けられるうち、片側の卵も自然と具材の上に乗る。具材が包まれたところで、取っ手を逆手に持った。フライパンを立てるようにして、卵と具材を端ぎりぎりに寄せる。用意しておいた皿に近付ける。

「えいっ」

　フライパンを伏せてひっくり返した。スペンが息を呑む。怖々フライパンを持ち上げると、真っ白い皿の上に、半月型の卵がちょこんと乗っていた。

「やった！」

「おお！　こ、これはなんという料理です？」

「オムレツです！」

「ノノ。あとは俺が作る。お前は仕上げにかかってくれ」

　オムレツ係をドランと交替し、ノノは下茹でをして冷やしておいたほうれん草を取り出した。カツオ出汁とショウユで練ったすりゴマと手早く和え、小皿に盛り付ける。

　さらに、夕べから煮付けておいたかぼちゃを温め直し、こちらも小皿に取り分けた。ミソとショウユでじっくり味付けしたかぼちゃが黄金色に輝いている。

そしてノノが最後に用意したものを見て、スペンが眉をひそめた。

「紙？」

〝黒い紙〟をフライパンでそっと焼いていく。添えた小皿には黒い水。

「これは……一体なんです？」

「ノリとショウユです。炊きたてのゴハンと一緒に食べると美味しいんです」

今や、スペンの表情は好奇心いっぱいに輝いていた。まるで少年だ。

「これは……私の知っている料理をはるかに超えていますね……どんな味がするのか想像もできない」

朝の掃除を終えたマユーラが厨房に入ってきた。スペンを見て「あれっ？」と驚いた顔をしたものの、すぐに朝食の準備に加わった。

ゴハンを椀に盛り、支度を終える頃、食堂に次々人が入ってきた。視察団の幹部、町長のロンドにザムイだ。

「いい匂いだ」

入るなり、ロンドが鼻をうごめかした。ふん、と鼻で笑ったザムイが幹部に訊いた。

「こんな小さい宿屋のベッドなど、硬くてとても寝られなかったのではないですか？」

「そりゃまあ。ですが、窓を開けてすぐに海が見渡せるのがなんとも心地よくて！」

明るい声を上げた幹部を、ロンドがじろりと見た。おっと、と彼が口を噤む。

「いやいや、とはいえ敵うはずがないじゃないですか、『ガラリヤ』に」

口々に『ガラリヤ』の素晴らしさを誉めそやしながら、三人が席に着く。スペンも彼らの隣に座った。あれ？　ノノは階段に通じる帳場のほうを見た。

「アリータ様は……」

その時、アリータが帳場に現れた。彼女の顔色を見たノノは息を呑んだ。

血の気がない。体調が悪そうだ。

「ど、どうなさいましたか、アリータ様」

「おはようございます。いえ、ちょっとお腹の具合が」

「えっ」

がた、とザムイが立ち上がった。

「おい！　君らの出した料理のせいではないのかね？　どう責任を取るつもりだ！」

青くなった。厨房からドランとマユーラも出てくる。

「まったく……ダイズだかなんだか、得体の知れないものばかり食べさせるから！　エターノスの評判を落とすつもりかね、『アルカス』は！」

「お静かに。あなたの声は響きます」

冷静なアリータの声に、ザムイがぎょっと口を押さえた。

「こちらのお料理のせいではありません。実は昨日の朝からずっと体調は良くなかったのです。疲れでしょう」

「アリータ様……」

「そんなわけで、私は残念ながら食べられそうにありません。ですが、皆さんが召し上がるものはぜひ見たいのです。どうか私のことは気にせずに用意してください」

大きく頷いた。ドラン、マユーラとともに厨房に戻り、準備をする。

次々運ばれた料理を見て、席に着いた五人はしばし言葉もないようだった。

「こ、これは、一体……?」

ロンドが椀に盛られたゴハンをスプーンで掬い、怖々口にした。「熱いっ」と叫ぶが、嚙み締めるうちに、その顔がみるみる輝き出す。

「これは……嚙めば嚙むほど甘くて美味しい……」

「夕べお出ししましたが、これはゴハン。東の国の主食です。本日ご用意したものは、すべてこのゴハンに合うものです」

スペンがノリをショウユに浸し、ゴハンに乗せる。一緒に口の中に入れるや、「おお」と感嘆の声を上げた。

「深い塩辛さと潮の匂いがするノリ……確かに、ゴハンの旨味とよく合う」

「ショウユもダイズからできています」

「またダイズ！」

うんざりしたようにザムイが叫んだ。ノノは吹き出しそうになってしまう。

スープ皿に盛られたイワシのつみれミソシルを幹部が口にした。「お！」と目を見開く。

「なんと優しい味のスープ……十分過ぎるほど旨味が出ているのにしつこくない」

「この柔らかい丸いものは……え、イワシ？　魚の？」

「またぴりっとした味わいとイワシの旨味がよく合う！」

「魚にもこんな滋味があったとは……」

「で、ではこれは」

ゴハンを頬張るように食べていたロンドが、メニューの中心に据えられたオムレツを指す。ナイフとフォークで切り分け、中からジャガイモを始めとした具がとろりとこぼれ出すと、「美味しそうだ」と顔を輝かせた。

オムレツにはつぶしたトマトを塩ゆでし、コショウやショウユで味付けしたものをかけていた。卵、トマトソース、具を口に入れた幹部が、「むむぅ」とうなる。

「野菜の滋味と卵の蕩けるような旨味が溶け合っている。それにトマトの酸味と塩気が程よく絡んで……これは食が進む！」

「誰が卵を渡したんだ。絶対に後で突き止めてやる」

顔をしかめたザムイが、小皿に乗ったほうれん草のゴマ和えを指した。

「この緑の野菜にかかっている粒々はなんだ？　ダイズか？　虫か？」

「ゴマです」

「ゴマ……過度な味付けをせずとも、これだけで美味しく食べられるアクセントになっている。これは身体にいい」

そうつぶやいたスペンを、アリータが見た。

「身体にいいと、分かるのですか」

「はい。塩や砂糖は確かに美味しいですが、摂り過ぎはよくありません。しかし、使わなければ味わいが感じられない。だからついつい使い過ぎてしまう……ですが、『アルカス』の料理はこうしたちょっとした調味料や工夫で、素材の味を引き立て合い、過剰な味付けをしなくとも美味しくしている」

「……」

「奥の奥からじんわりと引き出す味……例えば、魚を干したもので下味を付けるなんて、考えたこともありませんでした」

カツオブシのことだ。

カボチャの煮付けも好評だった。

「甘い！　旨味が濃い！」

「こんなに味わい深い野菜だったのか……」

一同の皿は、ほとんど空っぽになってしまった。不機嫌だったザムイですらぺろりと平らげている。喜んでもらえた。ノノがホッとした時だ。

「なぜ、このメニューにしようと？」

一同が食事をするところを黙って眺めていたアリータが、ノノに訊いてきた。

「元気が出て、栄養もある。だけど身体の負担にならないものをと思って……」

「ゴハンやミソシルが」

「肉ももちろん栄養があります。ですが、朝から食べるにはどうしても負担がありますし、人によっては受け付けない。だから誰にでも優しい朝食をと」

「……」

「あ、それに、そういう朝食を作ると約束したお客さんもいるのです」

「うちの肉にケチを付ける気か！」

ザムイが声を上げた時だ。

厨房にいたドランが、トレーを持って出てきた。二つの椀が乗っている。彼はそのトレーをアリータの前にそっと置いた。彼女が目を見開く。

「これは……」

「私が妻のために毎日作っているものです。よろしければ。オカユです」

「奥様のため……？」

「はい。ノノが最初に作って、私に教えてくれたものです」

カツオ出汁でゴハンを柔らかく煮込んだオカユ。確かに、母のミーシャはこれならばと言って食べてくれる。

とはいえ、体調次第では食べられない時も多い。それでもドランは妻のために、毎日欠かさずこのオカユを作り続けていた。

アリータの前に置かれたもう一つの椀には、ツミレを抜いたミソシルがよそってあった。

「ショウガを細かく刻んで火を通しました。お腹にも優しいです」

オカユとミソシルを見下ろしていたアリータがスプーンを手にした。そっとオカユを掬い、口に入れる。

「……」

温かさを確かめるように目を閉じる。そして静かに目を開くと、二口、三口と続けてオカユを食べ始めた。

やがて、オカユもミソシルもほとんど食べてしまったアリータがスプーンを置いた。

「驚きました」

「……」

「食べたものに支えられるという感覚。味わったことがございません」

依然感情を見せない顔つきのまま、ドランを見上げた。

「これらは弱っていた私の身体を温め、そして滞っていた何かをほぐしてくれました。食べれば食べるほど、力が湧く。こんな朝食を出してくれる宿屋は……初めてです」

「ありがとうございます」

ドランが頭を下げた。その顔つきには、ミーシャが倒れてからついぞ見せなくなってい
た自信があふれていた。父さん。ノノの胸がきゅんと高鳴った時だ。

青い顔をしたマユーラが食堂に飛び込んできた。必死の形相でドランを見る。

「ド、ドランさん、奥様が、い、今、朝食をお持ちしたら」

ノノの心臓が縮み上がった。厨房から居住用の廊下に出て、両親の部屋に駆け込む。

「母さん！」

一目見るなり、足がすくむ。ベッドに横たわる母の顔は真っ白だった。痛いほどの震え
が、足元から一気に駆け上がってくる。

「母さん！」

痩せてしまった身体に飛び付いた。軽くなった母の肩をがくがくと揺らす。

「いや……目を開けて！　母さん！」

続いて駆け込んできたドランが目を見張った。「ミーシャ！」彼女の身体を抱き起こす。

「起きてくれミーシャ！　俺は、俺はお前がいないと」

「母さん……！」

「お前がいなければ『アルカス』は続けられない！　お前がいなければ意味がないんだ！」

閉じられた母の瞼は動かなかった。金色の長い睫が、目元に暗い影を落としている。

「ミーシャ……！」

「自動車を！」

鋭い声が上がった。アリータだ。ミーシャに取りすがる二人のそばに駆け寄ると、廊下に立つ幹部を振り返った。

「すぐに町の病院へ！　さあドランさんしっかりして、奥様はまだ息があります」

肩を掴まれたドランが、青ざめた顔を上げた。

「しかし……もう町医者のザーグ先生もお手上げ状態で」

「あきらめるのですか？　まだ間に合うかもしれないのに？　私と同じ後悔を引きずりたいの？　一生抜けない棘みたいな後悔を……あきらめてはいけません！」

別人のように強い表情で叫んだアリータが、「さあ！」と促した。スペンも加勢するように部屋に入ってくる。

その時だ。

「ほーっほっほ、お取り込み中ですかな？」

呑気な声が上がった。あっとノノは叫んだ。

怖々と部屋を覗き込む幹部やザムイを押し退け、小柄な老人が立っている。柔和な瞳、ふさふさの八の字眉毛。

「ミホローさん……」

「遅い！」

ノノの言葉を、アリータの鋭い声がかき消した。

「まったく、あなたの気ままな行動には困ったものです！　昨日には到着しているはずではなかったの！」

「ほーっほっほ、そんな怒らないで下さいよアリータ。これでも急いだんですよ」

「いいから、奥様を診て差し上げて。私の娘と同じ症状ではないかと」

アリータの言葉に、ミホローが顔を引き締めた。瞳に力が宿る。

「……それは何がなんでも助けねばなりませんな」

そう言うと部屋に入ってきた。抱えた古い革カバンを開く。ノノとドランは息を呑んだ。

中には、多種多様の木の根、草花が詰め込んであった。


選り出された根っこと草をすり鉢ですり、煎じた茶色い汁を、ミーシャの唇の中にスプーンで少しずつ流し入れていく。すべてを飲ませ終えたミホローが、ほう、と息をついた。

「これで経過を見ましょう。何、心臓の音はゆるやかですが、ちゃーんと安定していますからね。大丈夫ですよ」

ミホローの言葉に、ノノはその場に座り込んでしまった。ぽろぽろと涙があふれる。

「あ、ありがとうございましたっ、ミホローさん！」

「ありがとうございました！」

ドランも頭を下げた。

ミーシャの呼吸が安定していることを確かめ、一同は部屋を出た。宿の前に出ると、ザムイやロンド、幹部の三人が所在なさそうに立っていた。アリータのそばに駆け寄ってきたザムイがおそるおそる訊ねる。

「社長。あのご老人は」

「医師のミホローです。私とは古い馴染みなのです」

「ミホロー……あの、世界を旅して回っている名医と評判の？」

ノノも驚いた。世界中を飛び回る名医とは、ミホローのことだったのか！

さらには、『ガラリヤ』を追い出されたと聞かされたザムイはあわてふためいた。

「い、言ってくだされば最高級の部屋にお泊めしましたのに！　ぜ、ぜひ今夜にでも、先生を追い出した従業員は即刻クビにしますから！」

「いえいえ。おかげでこの宿屋に泊まることができたのですから」

ザムイの顔がさぁっと青ざめた。ミホローがドランのほうへ向き直る。

「奥様の身体が極端に疲労する症状……原因は過労などによる気の乱れですね」

「き？　みだれ？」

「人の心身は繊細なバランスで成り立っています。気とは、生命力と言い換えてもいい。それがバランスを失い、乱れることによって、様々な症状を引き起こす」

「ち、治療法は、薬は」

「実はこれといった特効薬はありません。ですが、今言った気を循環させる効能を持つ木や草ならあります。私はそれらを探し求めて、若い頃から旅を続けておりまして」

循環。かつて、彼が言っていたことをノノは思い出した。

循環は力を生む。

戸惑うドランを見て、ミホローがにこにこと笑いながら続けた。

「とはいえ、私は気の循環を促すお手伝いをするだけです。病の治癒は、患者自身の心の動きが大きく作用する」

「心……？」

「はぁい。そういう点では、この宿屋は最高なのです。私は世界中を旅してまいりましたが、こんな理想的な場所は初めてです」

ミホローがアリータを見た。彼女が小さく頷く。

「今回の視察。私に、エターノスの顔となるべきは『ガラリヤ』か『アルカス』か決めて欲しいと言われましたね、ザムイさん」

「は、はいっ」

　彼女の鋭い目が、幹部、そしてロンドへと向けられた。

「その前に」

「山の基盤の強度について、偽り（いつわ）の報告をしましたね？　先日の雨のせいで山崩れがあったこと。私には報告がありませんでした」

「あ、そ、それは」

「鉄道を通せば、あらゆる人の流れ、ものの流れが変わります。活気も出るでしょう。ですが、十分な補強の検討がなされないうちに大々的な工事を始めたら……どうなるか」

「ですが社長！　山崩れは絶対に起きるものではありませんし、利益を考えれば」

「目先のことに飛び付くのはおやめなさい！　私たちには、もっと先、未来に目を向ける責任があるのです！」

　厳しい声に、二人の男が飛び上がった。ザムイも顔色を失っている。

　そのザムイを、アリータが真っ直ぐ見た。

「エターノスの顔になるべきは、『ガラリヤ』か『アルカス』か」

　それからドランを見た。ドランも彼女の視線を真っ直ぐ受け止める。

「私は、『アルカス』を選びます」

「……」

「ですがドランさん。『ガラリヤ』がなくなったエターノスのことを、あなたは――」

「うおおおおお！」

突然、野獣のような怒声が響き渡った。全員がぎょっと立ちすくむ。

ノノの首に硬いものが巻きついた。身体が宙に浮く。「えっ！」、とっさに足をじたばたともがかせた。

「ノノ！」

蒼白になった父やアリータたちから一気に引き離される。

ザムイだ。ノノの首に腕を回し、そのまま崖の突端へと引きずっているのだ。こめかみに押し付けられたものを横目で見たノノは、ひ、とうめいた。

拳銃だ。黒光りする鉄のかたまりが、自分のこめかみのすぐそばにある。

「くっそ、くそーっ！　冗談じゃない、この岬の土地は俺のものだ！　出ていけ貧乏人どもが！」

「ザムイ！　バカなことはやめろ！」

ドランを威嚇するように、ザムイが唾を散らして怒鳴った。

「俺は出ていかないぞ！　誰がエターノスを出るものか……俺こそがこの町の王者だ！　この眺めのいい場所に新しい『ガラリヤ』を建てるんだ、じゃまをするな！」

「そ、そんなこと、させないっ……！」

ぎりぎりと首に食い込む腕の強さに喘ぎながら、ノノは叫んだ。ザムイがぎろりとノノを見下ろす。

「このガキ。貴様が俺の計画をすべてぶち壊した。わけの分からない料理ばっかり作りやがって――！」

身体が大きく波打った。えっ？　驚いたノノの目に、青い空が映る。

「ノノー！」

父の絶叫が聞こえた。

海。そして空。めまぐるしく景色が変わる。

崖から放り出された。宙を泳ぐ手が、むなしく土や石を引っ掻く。

ダメ！

声が響いた。

あなたまで――！

「！」

急き止めるような衝撃が全身に走った。勢いに崖に胸を打ちつけてしまう。

自分の手指がしっかりと岩肌を掴んでいた。いつの間に？

「あなたまで落ちてはダメ！」

声。ノノは目を見開いた。

自分の口から、知らない女の人の声が出る。知らない？　いや――。

あの人の声だ！

「ありがとう。あなたにたくさんの勇気があったから、私もたくさん料理が作れた。お客さんたちの笑顔が見られた」

あの人の声がノノに語りかける。ノノ自身の身体を使って。

「ありがとうノノ。嬉しかった。私、もう独りじゃない――」

「掴まって！」

声が降ってきた。見上げるより早く、誰かの手が腕を掴む。その人自身もほとんど落ちそうになりながら、ノノを引き上げようとした。

「――ノ！」

「――」

おばあちゃん

腕を掴んだのはアリータだった。彼女の指が腕に食い込んでいる。

「あなたまでここで失うわけにはいきません！」

ざら、と音を立て、身を乗り出している彼女の下で土が崩れた。がくりと二人の身体が揺れる。

「！」

「あっ！」

落ちる！

とたん、強い力で引っ張り上げられた。二人一緒に崖の上へ引き戻される。ドランとマユーラだった。

「ノノ！」

引き上げられると同時に抱きしめられた。骨が折れそうな勢いだ。「痛！」と叫んだが、父は手をゆるめてくれない。

「よかった……よかった、ノノ！」

彼が泣いているのが分かった。父の涙を見るのは、これで二度目――。

ぎゅっと抱き返した。父の温かさが、自分をこの世界のすべてに繋ぎ止めてくれる。ノノは天を振り仰いだ。一羽の大きい鳥が、はるか上空を横切った。

潮風に乗り、寂しかった、怯えていた気持ちが消えていく。ああ。ふと思った。

頭の中の女の人。満足できたのかな――。

ドランが立ち上がり、呆然と座り込んだザムイのそばに歩み寄った。すでに拳銃はスペンが取り上げている。

「ザムイ」

彼は返事をしない。乱れた髪が、潮風にさらに吹きさらされる。

「頼む。エターノスを出ないでくれ」

彼の言葉に、誰もが息を呑んだ。「ええっ？」、ロンドがすっとんきょうな声を上げる。

「一昨日、晩餐に招かれてつくづく思ったよ。『ガラリヤ』は特別だ。お客さんは、あの宿に泊まることが一生の思い出になる。お前が手塩にかけた牛肉も」

ふらり、とザムイが顔を上げた。

「俺を許すというのか……？」

「町では『ガラリヤ』に勤めている住民も多い。エターノスには必要なんだ」

「……」

「ただし、貨物船での買い付けは平等にする。町の商店の経営を圧迫するような独占はするな。……そして、ザムイ家の牛を町の共有財産にしたい。もちろんかかる費用は、これから町全体で負担する」

「何！」

ザムイが血相を変えた。顔がみるみる赤くなる。

「そ、そんなこと……俺が許すと思っているのか！」

「俺も、『アルカス』の料理の調理法はすべて開示する」

「な、な、そんなもの、つり合わない」

「ザムイ。俺は損得の話をしているんじゃない。この町をともに作りたいんだ。子供たち、そのまた子供たちがずっと幸せに暮らしていける……そういう町にしたいんだ」

「……」

「この町には、あらゆるものがある。海。山。美味しいもの。美しいもの。庶民的な宿屋、高級な宿屋、笑顔」

「ほっほっほぉ。それに、私の療養所も加わりますね！」

話を聞いていたミホローが、うきうきとした声音で言った。「え？」ドランが訊き返す。

「療養所……？」

「はぁい！　先ほども言いましたね、ここは病を治すのに理想的な場所です。私は、『アルカス』の隣にぜひとも療養所を作りたいのです！」

療養所！　驚きとともにエターノスに吹いた風が、青い海を渡り、木の生い茂る山肌を撫で、ノノのもとにまで辿り着いた。

――ありがとう
ひそやかな声が、耳元でささやかれた気がした。

*

「母さん！　行ってくる！」

扉を開けて部屋に飛び込んだ。手ずからオカユを食べさせてもらっていたミーシャが、驚いてむせ返る。

「も、もうノノ！　ノックをしなさいっていつも言っているでしょ」

「あ、ご、ごめん母さん」

頭をかいたノノを、ベッドの上のミーシャが呆れたように見た。傍らの椅子にはアリータとミホローが座っている。アリータの手にはオカユの入った椀があった。

「アリータさん、いつもすみません。私や父さんの代わりに」

「いいえ。私のほうこそ、失った時間を取り戻しているようで嬉しいのです。ご迷惑でなければいいのですが」

ミーシャが小さく首を振った。

「迷惑だなんて。……私も、母を早くに亡くしているものですから……嬉しいです。けれど、お仕事のほうは大丈夫なのですか？」

「今は幹部に任せております。私腹を肥やすのではない、ちゃんと未来を見据えた若者に」

ミーシャとアリータが微笑み合う。そんな二人の傍らで振り返ったミホローが、ノノを見て「ほほほ」と笑った。

　母のミーシャは早くに両親を亡くし、各地を転々とした末にエターノスに辿り着いた。そして、この地で代々営まれていた宿屋『アルカス』を継いだばかりのドランと出会ったのである。

　一方、アリータは三十年ほど前に娘を病気で、五年ほど前に孫娘を事故で喪っていた。娘の病気はミーシャと同じ、極度の疲労から寝たきりになってしまう病（やまい）。当時はミホローにも手の施しようがなく、彼女は衰弱したまま亡くなったという。

以来、亡き夫が設立した鉄道会社を経営しながら孫娘を育ててきたのだが、多忙なアリータが構ってやれる時間はほとんどなく、彼女は寂しさから年々素行（そこう）が悪くなった。そして五年前、乗っていた自動車ごと崖から転落して亡くなったのだ。

「孫娘に死なれた時、またやってしまったと思いました。私は娘が病気で倒れた時も、仕事にかまけてまったく顧（かえり）みてあげられなかった……二人にどれほど寂しい思いをさせたか。そう思うたびに、後悔に身を裂かれそうでした」

　そして自分の知る医術では足りないと痛感したミホローは、アリータの娘の死をきっかけに、あらゆる国々の医術を勉強して回ったのだという。

「東の国々の医術は特に興味深かったです。薬草の知識もさることながら、人間そのものの生命力に着目していた。病は医者が治すものではない。本人が治すものであると」

そう言うと、ミホローはノノとドランを見て、にっこり笑ったのだ。

「だからこの地に療養所を建てたいと思ったのですよ。素晴らしい景色、空気、美味しいものに皆さんの笑顔……ここは病を癒すのに最適の地です」

ミホローの構想している療養所の建築工事がもうすぐ始まる。町医者ザーグ先生の診療所と併せ、『アルカス』の隣に建てられることになったのだ。

「観光地としてだけじゃない。人の心身を元気にする町……最高じゃないか」

ドランとミーシャは一も二もなく、ミホローの申し出を承諾した。あの放浪(ほうろう)の名医と言われたミホローが、とうとうひとところに落ち着いて療養所を開く。エターノスを訪れる人はますます増えるであろう。

「ノーノー！」

厨房のほうからマユーラの声がした。あ、とノノは顔を上げた。

「今日の定期貨物船にはどんな食材があるかな……？　ワクワクしちゃう」

足を踏み鳴らしたノノを、ミーシャ、アリータとミホローが微笑ましく見る。ノノは彼女たちに手を振り、部屋を出た。

「行ってきます母さん！　アリータさん、ミホローさん！　いちご買ってくるね！」

　宿の玄関を出ると、そろいのサムエ姿のマユーラとドランがすでに歩き始めていた。

「待って、二人とも！」ノノも彼らを追いかけ、坂を下った。

「今日は何を買う、ノノ？」

　マユーラが振り返る。「えっとね！」と胸に手を当てたノノは、ふと言葉を呑んだ。

　あの日以来、頭の中の声は聞こえなくなっていた。彼女はいなくなっちゃったのか。寂しくもあったが、ホッとした気持ちもあった。

　きっと、安心できたんだ。後悔したり、つらかったり悲しかったりしたことが消えて。

　あなたが教えてくれた料理。私も父さんも、そして町の人たちも覚えているから。

　ありがとう。あなたは私の中で、いつまでも消えないよ――。

　港はこれまで以上のにぎわいを見せていた。ザムイ家が最初に買い付けをする。この暗黙の了解がすべてなくなったおかげだ。町の人々がいっせいに繰り出し、思い思いの買い物を楽しんでいる。

　早速、ノノたちも小舟に乗り、貨物船に上船した。買い物をする町の人、行商人たちの威勢のいい声が飛び交う中、きょろきょろと周囲を見回す。

「イアージ！　ティーナ！」

　同じく籠を背負った二人が並んで買い物をしていた。ティーナの籠には色とりどりの生地、イアージの籠にはかぼちゃやらナガネギやら、あらゆる野菜が詰め込んである。

「俺はライラばあちゃんのお使い。ばあちゃん、ぎっくり腰になっちまって」

「えっ！　ザーグ先生やミホローさんに診てもらわなくちゃ」

「ノノ、買い出しの時もそのサムエ姿なのね。素敵。うちも制服を作ろうかな」

ノノたちの恰好を見たティーナが顔を輝かせた。

『ボワン洋服店』も順調にお客さんが増えている。サムエやユカタも『アルカス』限定ではなくなったため、欲しい人は誰でも注文できるようになったからだ。

「ティーナちゃんたちが着てくれるなら、僕、新しい服を考えようかなあ」

「え、ホントにマユーラ？　嬉しい！」

「そりゃもう。とびきり可愛いやつを」

「ふん。鼻の下を伸ばしてデレデレと。見苦しい」

冷たい声が飛んできた。見ると、フレアが目をすがめてマユーラを睨んでいる。

ユカタに似た一枚布を羽織ったような形の服を着ていた。布地は金と白の糸が織り込まれたキラキラした緑色で、胸のすぐ下で結んでいるリボンはほんのり淡いピンク色。

「お前みたいな腰抜けが作った服、『ガラリヤ』では絶対に扱わないんだから」

「あれぇフレアお嬢様。その服、すごくお似合いだね。美しい金髪とよく合ってる」

「な」

にこにこと答えたマユーラの言葉に、フレアの顔が赤くなる。確かに、彼女の見事な金髪に服の色はどれも合っていた。

「雇われなくてもいいよ。だけど……僕、お嬢様の服も一度作ってみたいな」

「ふん！　ふーん！　ふん！　だ、誰が！　お、おおお前の服なんか」

顔を真っ赤にしたまま、よろよろとフレアが去っていく。一体何が言いたかったんだ？

ノノはひそかに首を傾げた。

ティーナがこっそり耳打ちしてきた。

「牛肉の代わりになる新しい食べ物見つけてきたんだって。またこっそりザムイ一家だけで栽培を始めるって噂だよ」

「えっ。そうなの？」

「うん。なんだって言ってたっけな？　えーと……あぼ、あぼ、あぼがど？」

「何それ。それにみんなが知ってるなら全然こっそりじゃない。それより……あ！」

周囲を見回した。ドランはミーシャのために果物の行商人からいちごを買っている。並んで果物を見繕うスペンの姿もあった。二人はすっかり仲が良くなったらしい。

そんな彼らのすぐ隣に、あの黒髪の行商人がいた。今日もこの喧騒からぽっかり切り取られたみたいに、彼の周囲だけ人がいない。

東の国の人。

「やあやあお嬢ちゃん！」

ノノたちが近付くと、彼は心底嬉しそうににっこり笑った。目が細い弧を描く。

「お待ちしてましたよ。それにしてもここ最近、この町はさらににぎやかになりましたね。いやいや商売繁盛、ありがたいことです」

「今日は？　今日は何を持ってきてくれたの」

「はいはい。お嬢ちゃんのために最高級のものをお持ちしましたよ」

言いながら、細くて白い棒状のものを取り出した。赤い紐で束に結わえてある。

「これはですね――」

素麺

「ソウメンっ？」

ぴょこんと飛び上がった。聞こえた！　声！

おお、と行商人が目を輝かせた。

「やっぱり！　お嬢ちゃんなら知っているかなと思ったんですよ」

茹でて

鰹出汁のつゆ
　つるっと
「つるっと」
　美味しい
「美味しい！」
「その通り！」
行商人の声につられ、みんなが笑った。その声が潮風に飛ぶ。ノノはそっと胸を撫でた。
美味しい。笑顔。
これからも、ずっと一緒。

おわり

コスミック文庫α

異世界宿屋でおもてなし
～転生若女将の幸せレシピ！～

【著者】 金子ユミ
【発行人】 杉原葉子
【発行】 株式会社コスミック出版
〒154-0002 東京都世田谷区下馬 6-15-4
【お問い合わせ】 一営業部一 TEL 03(5432)7084 FAX 03(5432)7088
一編集部一 TEL 03(5432)7086 FAX 03(5432)7090
【ホームページ】 http://www.cosmicpub.com/
【振替口座】 00110-8-611382
【印刷／製本】 中央精版印刷株式会社